森田実の一期一縁

morita minoru no
ichigo-ichien

小江戸·川越で茂子夫人と人力車に乗って散策を楽しむ著者
(2013年5月)

沖縄・恩納村の「世界平和の碑」の前に立つ著者。
ここは、かつて米軍のミサイル発射台だった
(2014年3月)

森田実の一期一縁

目次

第一章　平和について思うこと

第二章　素晴らしき出会い

題字／森田 実
装幀・本文デザイン／阿部照子（テルズオフィス）

第一章
平和について思うこと

私の八月十五日

一九四五年（昭和二十年）八月十五日。

あの時代に生きた人間にとって、大きなターニング・ポイントだった。これまで、あまり語ることもなかったのだが、忘れることのできない日だ。

玉音《ぎょくおん》放送を聞き、「戦争は終わった」と分かった。だが、それは前線での戦闘や空襲がなくなったという意味であって、人々の心のなかで「戦争のつめあと」は終わってなどいなかった。いや、むしろ、戦争がもたらした本当の悲惨さを日常のなかで痛切に感じていく「はじまり」であった。

私や私と同年代の人間は、実際には戦争で死んだ人は少ない。まだ、兵士として戦地におもむく年齢に達していなかったからだ。しかし、私たちより四、五歳上の世代になると、かなり多くの人が戦死している。だから、戦時中は、自分たちも遠からず戦争で死ぬことになるだろうと覚悟していた。

それが、玉音放送によって、あっという間に変わった。

米軍機による空襲・爆撃がなくなった。爆撃がないということが、最初は、どういう状態かも分からなかった。

翌日も、米軍機による爆撃はない。焼夷弾《しょういだん》も落ちてこない。

次第に人々の間から、「これで死なずにすむ」という安堵《あんど》の声も、もれ聞こえてくるようになった。私たちより数年上の世代の人たちが、より痛切にそう感じたように思えた。

とにかく生き残った。

「生きていて、よかった」という気持ちが、徐々に芽生えてきた。ただ、「生き残ったことが、死んだ仲間に申し訳ない」との思いは依然として強く、なかなか声を出して、「よかった、よかった」とはいいにくい雰囲気が漂っていた。

私も、しばらくして「死なずにすんだ。これで、勉強ができる」と思うようになった。しかし、「勉強ができるのだ」という心境になると、その一方で、「戦争で死んでしまった多くの人がいる」という現実が自分の精神に重しのようにのしかかっていた。

そんな言葉にできない思いを、多くの人が抱いていたことであろう。周囲の多くの人が戦争で死んでいったことは、容易に忘れられることではない。

「生きていることは、恥ずかしい」とつぶやく人は少なくなかった。

人は、だれもが生きたいという願望をもっている。人間である以上、当然のことだ。にもかかわらず、戦争は容赦なく人の「生」を奪っていった。

あの八月十五日以降の日々は、社会人になっていく過程で、非常に大きな意味をもっていたように思う。とにかく、私たちには、何もなかった。食料も衣類も、本もなかった。まずは、食べなければならない。小さな山の猫の額ほどの狭い土地を畑にして、いもや麦を植えた。大根、ナス、キュウリ、トマトなどもつくって食料とした。幸い、当時住んでいた伊豆の伊東は海が近く、漁師たちが海で魚をとってくるので、魚が入手しやすかった。この点で恵まれていたと思う。

戦後の復興のなかで、世代交代が急速に進んだことは特筆すべきことだ。ある程度の地位にいた男性たちが、次から次に公職追放となり、各界で若い世代が主導権を握る結果となった。

このことは、戦後復興を成し遂げていく過程において、日本にとって大きなプラスとなっていった。外からの力によってではあったが、若いリーダーの出現が大きな推進力となっていったからだ。旧弊《きゅうへい》を破り、新しいことを開始できたのは若い世代の台頭が要因だった。

一方、庶民の日常において、実質的に生活を支えていたのは、間違いなく女性たちであった。敗戦で茫然《ぼうぜん》自失《じしつ》の状態だった働き盛りの男たちを横目に、女性たちが奮闘したのが、終戦直後の日本である。

わが家も例外ではなかった。母と姉が働いて、家中を食べさせていた。また、中学生の私は、母を手伝い畑で働いた。叔父に誘われて買い出しについて行き、食料を調達したこともあった。少年の心にも、母のたくましい働きぶりには驚嘆していた。

＊

第二次大戦が終わってから六十九年間、これまで常に心のなかで大切にしてきたことは、どんなことをしても平和だけは守りたいという信念である。およそこの世の中で、人間の所業によって人間が苦しむほどの不幸はない。そのなかでも最大の不幸が、人間が人間を殺す戦争であり、とりわけ核兵器の使用こそ人類史上で最大の罪悪だ。

戦争末期、私は、本土決戦に備える足柄山《あしがらやま》の陣地構築で学徒動員に駆り出され、土木作業に従事したり、農家の手伝いをしたりしていた。中学生だったが、戦争が起きればどれだけ悲惨な目に遭《あ》うかを実感した。

太平洋上の米軍の空母からは、毎日のように戦闘機や爆撃機が襲来し、伊豆半島を抜けて東京を空爆していく。空母へ帰還する際には、あまった爆弾を手当たり次第に投下し、動いているものには何であれ機銃掃射を浴びせて命を奪っていった。

終戦の年の三月十日には米軍の東京大空襲により、十万人もの尊い命が奪われた。四月から六月末までの沖縄戦は残酷で悲惨なものだった。また八月には、広島・長崎へ原爆が投下され、二十万人もの無辜《むこ》の市民が亡くなった。八月十五日以後もあのまま戦争が続いていたら、日本人は全滅したかもしれない。

一枚の写真

ここに日本の原風景ともいうべき、一枚の田園風景の写真がある。撮影者は池田大作創価学会名誉会長で、場所は静岡県伊東市池。聖教新聞に寄稿したときのお礼ということで、思いがけずいただいた池田名誉会長の写真集『詩人の星』に収録された作品のなかの一枚である。

私の目はこの写真にくぎ付けになった。というのも、この「池」は、私にとって懐かしい地名である。亡き母の生まれたのが、この写真の場所で、昔は静岡県田方郡池村だった。母の実家の人々は、皆やさしかった。祖父母は私たち孫を大事にしてくれた。私にとっての真のふるさとは「池」である。

これといって特徴があるわけでもなく、私が大学に入り上京して以来、この「池村」については、その地名すら、だれの口からも聞いたこともなかった。

＊

母は、二十世紀がはじまるころ、「池村」に生を受けた。母は十六歳のとき父と結婚して森田家に嫁ぎ、伊東に出てきた。

森田家は建築業を営み、何人もの職人や弟子たちが出入りする家だった。祭りともなれば、多くの人がわが家にやってくる。伊東特有のアジのそぼろ寿司をよくつくっていた。そして、一本釣りであがった大きなカツオが運びこまれると、母が出刃包丁で器用におろしていたのを思い出す。

戦争末期が近づくにつれて、日本中がきわめて厳しい食糧難に襲われた。森田家も例外ではなく、多くの人間が出入りしていただけに、食べるものの確保に母は奔走《ほんそう》していた。

なかなか食料が入手できず、最後の頼みの綱が、池村にある母の実家だった。食料調達のために池村に行く母について、私が荷物運搬係で同行するのが常だった。

小学校中学年くらいから中学生のころまで続いた。

池村に行くのには、いろいろなコースがあった。伊東の駅から、ボンネット型の東海バスで八幡野《やわたの》まで行き、その後、かなり急な坂をのぼるのが、オーソドックスな経路だった。

バスを使わず、全行程を歩くこともあった。いまは単成火山の典型例として、国の天然記念物に指定されている大室山《おおむろやま》のふもとを抜けて、小道を歩いて行く。道幅は二〜三メートルあっただろうか。木々が生い茂っているときは緑のトンネルを歩く趣《おもむき》があった。

大室山に対して小室山があり、小室山のふもとから吉田という場所を経由して八幡野に出るルートもあった。

途中の風景で忘れられないのが一碧湖《いっぺきこ》である。火山の火口に水がたまってできた湖で瓢簞《ひょうたん》型をしている。「伊豆の瞳《ひとみ》」とも称され、一九二七年（昭和二年）には「日本百景」にも選定され、昭和初期に与謝野鉄幹・晶子夫妻が湖を訪れ多くの和歌を詠んだことで知られる。現在は、湖岸にその歌碑も立つ。母と美しい一碧湖を眺めながら小休止するのが楽しみだった。当時の一碧湖はあたりに人間の影はまったくなかった。一切の人工物がなく、澄んだ水に、春の山桜や秋の紅葉が映って一幅の絵を見るような光景だった。

そして、伊東から約四里（十六キロメートル）のところに池村がある。田んぼや畑があり、茅葺《かやぶ》き屋根の農家が点在するといった、平和な田園風景。これといって特別なものがあるわけではないが、私には懐かしい場所だ。

祖父母は、文字通り田舎《いなか》の人だった。だが、礼儀正しく、上品で、すぐれた人格の持ち主だった。伊豆半島には、ある種のストイシズムの伝統があると指摘する人もいるが、祖父母は、その典型だったような気もする。三人の子がいて、母は末娘だった。われわれ孫は、祖父母からほんとうに大事にされた。

家は、茅葺きの大きな農家だった。典型的な昔の日本農家である。土間が広く、農産物や農具が入れてある。家の周囲には、自家用の野菜を栽培する畑があった。夏になると、トマト、キュウリ、ミョウガ、サトイモなどがとれた。少し離れたところにある田畑で米や野菜をつくっていた。

親切な祖父母や伯父に歓待され、食料を分けてもらって私も背負い、四里の道を、また母とともに伊東に戻る。

いま、八十歳を超えても、大きな病気らしい病気もせずにやってこられたのは、伊東から池への道を、リュックサックを担いで少年期に歩いたことで体が鍛えられたのではないかとも思う。

歩きながら、母とどんな話をしたのかも、いまや記憶は定かではない。母と往復の時間をともにしたことは鮮明な思い出として残っている。戦争による心の傷の残る時代だったから、母にとっては平和な時代がくるよう祈る日々だったに違いない。


この「池」を知っている人に東京で会ったことはない。話題になることもなかった。私が、自分のふるさとを語るという機会も、ほとんどなかったこともあり、「池」は私の心の奥底に秘められたふるさとの原風景だった。それが、池田名誉会長が伊豆を訪れるたびに、足を運ばれ、散策された地であったと後から知人に聞き、そのことが胸に沁《し》みた。母の姿と二重写しになり、不思議な縁を感じた。

一枚の写真によって、私の心のふるさとが、鮮やかによみがえってきたのである。

母の悲しみ

戦争の悲惨さは、終わった後も長く人々を苦しませることにある。終戦によって皆が外地から引き揚げてくるようになると、息子の死を知った母たちの辛《つら》く悲しい姿が、町のいたるところで見られるようになった。

わが家でも、一家の生計を支えていた気丈な母・ふでが、長男・正（私の兄）の戦死を知って倒れるという出来事があった。終戦からちょうど七カ月後の三月十五日に、戦地に行っていた長兄の戦死通知が届く。必ず生きている、生きて戻ってくると強く信じ、願っていた母だった。その落胆ぶりは、見ているのも辛かった。

仏壇の前にじっと座り、肩を落とし、兄の写真に見入っている母の姿は瞼《まぶた》のなかに焼きついている。心のなかで泣いていたに違いない。


私は、どうにかして母を元気づけたいと思った。まずは、家事を手伝うことだろうと、必死で働いた。買い出しも、畑仕事も、父の建築業の下働きもした。

そして、少し勉強もしてみよう、私が一生懸命に勉強すれば、母の悲しみは少しは癒《い》やされるのではないか、と思った。自分でいうのもおかしいが、これ以上はできないだろうというほど、よく勉強した。必死で勉強すれば、母は喜んでくれるだろうと思った。しかし、浅はかだった。そんなことで、最愛の息子を失った悲しみを癒やすことはできなかった。兄は私とは比較にならないほど立派な人格者で、優等生で、親孝行で、非の打ちどころのない、両親にとって自慢の模範的息子だった。

当時は食糧難だった。兄が帰ったら好きなものを食べさせてやろうと、母は畑にいろいろな作物をこしらえ、早く伸びてくれ、実をつけろ、と世話をしていた。

たまたま兄と同じ戦地にいた人が復員した。母はその人を訪ねて息子の死を聞かされた。その後、父は役場に届け出て死亡証明書をもらったり、貯金や保険を整理したり、遺骨の引き取りのことで忙しく走り回っていた。が、母は魂が抜けたようになって寝込んだ。

兄は戦病死だった。母は、自分がそばにいて看病してやれなかったから、せめて遺骨を十分に守ってやりたいと思っていたが、ちょうど兄が遺骨で帰ってくるころ、いままで罹《かか》ったこともない病気になった。大腿部《だいたいぶ》に大きな腫瘍《しゅよう》ができて、兄の遺骨を据《す》えた祭壇の前に寝たきりで、動けなくなったのだ。

*

「あの子に呼ばれているのかもしれない」と母はいった。

普段は健康なのに、ひどい下痢《げり》を起こした。腫瘍のせいで痛む足を引きずりながら便所通いをしたときも、同じ戦地にいた人から、兄が下痢で死んだと聞かされた後だったので、「自分の下痢はひどかった」と遺骨の兄が話しかけているような気がしたという。

兄はひどい下痢に苦しみながら、皆に助けられて行軍した。荷物を持つこともできなかったらしい。そういう様子を知った母の悲しみは深かった。

兄の思い出を綴《つづ》った文章で、母は書いている。不意に息子の命を奪われた母親の嘆きを伝えるために抜粋して引用する。

《そんなに辛かったんだねえ。治療もしてもらえなかったろう。荷物をほうり出すとき、何を考えていたろう。何かいいたいこともあったろうに。それとも、何もいえないし、考えられないくらい、辛かったんだろうかねえ。あんたの、あの体を滅《ほろぼ》してしまうくらいだから、よっぽどのきつい病気だったんだね。

どんなに辛かったろう。家で横になりたかったろう。〝お母さん、苦しい〟と声に出たかもしれない。まわりの人に、よくしてもらったかい。ああ、口をしめしてやりたかった。ボタンも、はずしてあげたかった。何の看病もしてあげられないで、あんたは、皆の足手まといのようになって、死んでしまったんだねえ。あんなにやさしかったあんたを、何にもみとってあげられないで、殺してしまって。

あんたの魂が、あんたの体から離れてゆくとき、昭和十九年九月十五日の午前十一時ころ、私は、どこで何をしていたんだろう。虫の知らせさえなかったんだよ。人一倍親思いで、どこの親子よりもずっと、ずっと強い絆《きずな》で結ばれていたあんたと私なのに、どうして、私に、何にも、教えてくれなかったんだろうねえ。心配をかけるからかい。それに、あんたは、夢枕にさえ立ってくれたことが、いまだにないねえ。いつか遺族会で出した本に、

うたた寝の夢になりとも帰り来て
　語れ手柄をおひしいくさの

って歌が出ていたけど、私の気持ちも、この通りだよ。手柄なんかいらない。夢にきて、辛かった話を、思う存分、私にしてごらん》

このような辛く悲しい光景が、わが家ばかりか、隣の家にも、またその隣の家にも、当たり前のように見られた。

もう母たちを悲しませ絶望させる戦争は、二度と経験したくない。私の反戦、平和への強い思いの根底にあるのは、あの日の母の慟哭《どうこく》である。

だからこそ、日本人の心に平和の価値観を確立していく役割を、私は死ぬまで果たし続けていきたいと考えている。

相洋中高時代

終戦の四カ月前、私は神奈川県小田原市にある相洋《そうよう》中学校に入学していた。当時、小学校の五十人ほどの一学級で旧制中学に進学するのは、ほんの数人だった。

私の住んでいた伊東では、最優秀のトップクラスが沼津中学（現沼津東高校）と小田原中学（現小田原高校）に進学した。私は、トップクラスという成績ではなかったので、担任教師の勧めにより創立されて間もない私立の相洋中学校に行くことになった。

旧制相洋中学・新制高校は非常によい学校だった。自由な学園だった。すぐれた教師が多かった。生徒は皆真面目で好人物ばかりだった。皆、よく学び、よく運動をした。

私が中学三年を修了したときに学制改革があり、新制中学・高校となって、結局、中学・高校の六年間を小田原に通った。

相洋中学校・高等学校は、一九三八年（昭和十三年）に神奈川県立小田原中学校内に小田原夜間中学として発足した。翌年に校名を相洋中学と改称した学校で、私が入学した当時、まだ歴史の浅い学校だった。外務大臣・衆議院議長などを務めた河野洋平氏が同中学校の卒業生である。また、近年、売り出し中の俳優・松坂桃李氏も卒業生であると聞く。

中学校に入学したとはいうものの戦争末期であり、登校しても授業は行われなかった。毎日、本土決戦に備えての陣地構築の土木工事の手伝いと、農村での労働奉仕の日々だった。農村では田植えや畑仕事など、土にまみれて農家の手伝いをした。男の働き手が兵隊にとられてしまった農家では、老人と婦人だけしかおらず、中学生でも貴重な労働力だったのだろう。

伊東から小田原へ通学しているとき、絶えず米軍機による空襲があった。すると、列車の運行は停止となった。学校から帰宅する術《すべ》は、徒歩のみである。次の列車を待っても、いつ動くか分からない。歩くしかない。小田原から伊東まで、徒歩で六時間はかかった。ひたすら歩きながら、戦争はどうなるか、これからの日本は、などと思いを巡らせたことも懐かしい。

歩くのは線路の上である。根府川《ねぶかわ》の鉄橋などは、一歩踏み外すと落下してしまう危険もあった。そして、途中には長いトンネルもあった。トンネルは幅が狭く、汽車がやってくると逃げ隠れするスペースはほとんどない。

あるとき、とまっていたはずの列車が発車したらしく、トンネル内で強い風が吹いてきた。汽車がやってくる気配を感じた。振り返ると明かりが急速に近づいてくる。機関車のヘッドライトだ。危ないと思った。逃げる場所がない。仕方がないので、線路脇の地面にぴったりと身を伏せた。頭上を汽車が通過し、奇跡的に無事だった。戦時中のだれも知らない危機一髪の出来事である。

*

そして八月十五日の終戦を迎える。中学校で授業が開始されたのは九月に入ってからだった。いまでも印象深く覚えているのは、熱心な数学の先生のこと。小野先生。旧制第一高等学校に進みながら、病気で中退せざるを得なかったという数学教師は、生徒に期待を込めて「一高を目指してガンバレ」と毎日、叱咤《しった》激励していた。

その言葉を真正面に受け止めて、数学ばかりやっていたように思う。のちに東大を受験することになったのも小野先生の影響だったかもしれない。

私の家は建築業を営み、父は棟梁《とうりょう》で、設計もしていたため、小学生のころからサイン、コサイン、タンジェント、セック、コセック、三角関数などを自然に教え込まれていた。そんなこともあって、数学は得意だった。伊東駅を早朝六時半に出発する列車に乗り込むと、まず数学の問題を解きはじめる。車中では成績トップクラスだった沼津中学組といっしょだ。難問に出あうと、その沼津中学組に解き方を教えてもらう。彼らはスイスイと解いてしまう。熱海で沼津中学組は東海道線に乗り換えて西へ向かう。私たちは東へ向かう。熱海から小田原までは、教えてもらった解法の復習をする。

いま思えば、伊東から小田原へ向かう進行方向右手には海が見えたはずなのだが、不思議に車窓の光景がどうだったのかの記憶は薄い。中学校時代の通学車中では、沼津中学の秀才の刺激を受けて、ひたすら数学の勉強に没頭した。

＊

高校生になると、私は英語の勉強に力を入れた。姉が津田塾専門学校（現津田塾女子大学）に行っていて、刺激を受けた。英単語を覚えることが肝要と考え、小辞典にある語をカードにして一語ずつ読んで・書いて・発音して覚えることにした。覚えたと思っても、すぐに忘れてしまう。当時の高校生がよくしていたことだが、覚え終わった部分の辞書を食べてしまうというようなこともした。意味のないことだとは分かっていても、やってしまった。

勉強のほかでは、仲間とチームをつくって野球に熱中した。戦後のモノのない時代で、グローブなどは自分たちで手製のものを縫ってつくった。私は体が大きかったこともあり、投手も捕手もやった。野球部に属したわけではなかったが、野球は好きだった。素晴らしい仲間に恵まれていた。相洋はよい学校だった。

一九五一年（昭和二十六年）三月に高校を卒業。大学受験に失敗し浪人することになった。夏の終わりまでは伊東の家で独習した。秋からは、東京・お茶の水にあった予備校に通った。最初は毎日、伊東からお茶の水まで往復していたのだが、大変なので、高円寺に住んでいた姉たちの下宿に居候《いそうろう》しながら予備校に通った。浪人生活は孤独ではあったが、それなりに楽しかった。よい友人ができた。大学進学後の激動を思えば、〝嵐の前の静けさ〟とでもいえる、孤独な一年であったが、いろんなことをよく考えた。浪人体験はよかったと思っている。

一九五二年（昭和二十七年）四月、私は東京大学理科I類に入学した。

ここで何人かの人生を通じての友を得た。数学研究会の三人の友の名のみ記す。村上俊一、田中宏、高橋恒郎。高橋は数年前、ひと足早くあの世へ旅立った。

たった一人の平和運動

東大に入って、最初に出あったのが破壊活動防止法反対運動だった。暴力主義的破壊活動を行った団体に対し、規制措置を定めるとともに、その活動に関する刑罰規定を補正した特別刑法が通称「破防法」だ。

学生も大反対の声をあげ、私もその活動に加わった。国会での審議も大荒れだった。結局は、吉田内閣が参議院で部分的妥協を受け入れ、可決成立に至った。

破防法をめぐる大騒動が終わったころ、東大の学生自治会で、丸木位里《いり》・俊《とし》夫妻によって描かれた『原爆の図』の絵画を借りられることになった。この『原爆の図』は、第二次世界大戦で使用された原子爆弾の惨状を絵画で表現したものだ。現在では公益財団法人「原爆の図丸木美術館」が管理・運営にあたり、日本国内だけでなく広く世界各地で巡回展示がなされている。

夫の丸木位里は広島出身である。当時、位里は東京在住だった。「広島に新型爆弾が落とされた」とだけ知った。矢も盾もたまらず、位里は原爆投下から三日後に郷里・広島に戻る。目にしたのは、彼が知る広島の光景ではなかった。何もない焼け野原だった。妻の俊は、位里の後を追うように一週間後に広島入りする。そして、位里と俊の二人は、数知れない原爆被害者の救援活動に寝る間も惜しんで従事した。

その後、一九五〇年（昭和二十五年）に『原爆の図 第一部 幽霊《ゆうれい》』が発表された。原爆の惨状を目《ま》の当たりにした位里は、「原爆」を描きあぐねた。作品として発表するのに、五年もの時間がかかった。もともと水墨画家の位里が、油彩画家の俊の協力を得ての共同制作絵画だった。二人の心血を注ぐ画業によって、ようやく完成した作品だった。

絵画は、レンズを通して記録された写真を上回る感動を与えることがある。それは、人間の眼によってとらえられた心の映像を表現するからかもしれない。夫妻の描く「原爆」は、原爆記録写真をはるかに凌駕《りょうが》する強いメッセージを発信している。

私も、広島・長崎への原爆投下を聞いたとき、「ひどいことだ。こんな爆弾をつくって大勢の人を殺すなんて」と少年ながら憤慨したことを覚えている。それで、原爆について多少の知識があったこともあり、自治会で『原爆の図』が借りられるのなら、夏休みに郷里に戻ったときに、この「原爆絵画展」をやってみようと決意した。

とくに仲間がいたわけではない。たった一人での企画だった。

*

さて、どこで展示しようかと考えた。

私の郷里伊東は、海に面し、山も近く、温泉も出る温暖で住みやすい土地である。その伊東市の中心を流れる「松川」という川がある。川沿いの遊歩道は、春には桜が咲き、古きよき湯の町情緒を散歩しながら楽しむことができるスポットだ。

また、いま伊東温泉の名物イベントとなっている「タライ乗り競争」や、八月に川から海への灯籠流《とうろうなが》しなどが行われるのも、この「松川」である。

平安末期の武将・伊東祐親《すけちか》が伊東の出身であり、その孫が『曽我物語』の主人公・曽我兄弟である。現在、伊東では、祐親を敬愛し「伊東祐親まつり」が五月に実施される。その際に水上能舞台が設置されるのも、「松川」である。そのような意味で、「松川」付近は伊東の住民にとってシンボル的な場所となっている。

その松川の海に近いところに、土手がある。比較的広い場所を見つけた。そこに簡単な柱を立てた。家が建築業だったので、柱の調達には困らない。そして、その柱に『原爆の図』を並べて、「原爆展」ということにした。

事前告知だの、効果的なPRの方法など思いもつかなかったし、また、一介《いっかい》の学生には、そうする力もお金もなかった。

それで、メガホンを手にして、通りかかる人に呼びかけるという原始的な広報しかできなかった。それでも、私なりに一生懸命にやった。

いまでこそ有名な『原爆の図』だが、当時はまだ丸木夫妻も一般には知られていなかったし、伊東の人たちも知らなかった。

たった一人で開催した「原爆展」が成功したものなのか、失敗だったのかは分からない。しかし、これが、私のはじめての平和運動であったことだけは確かだ。

丸木位里・俊夫妻の『原爆の図』は、はじめは一作品だけだったが、描き続けるにつれて三部作の作品へと構想が展開し、最終的には十五部を数えるまでに至る。最後に『長崎』が完成したのは、一九八二年（昭和五十七年）。丸木夫妻は、じつに三十二年間にわたって「原爆」を描き続けたのだった。

平和運動を通じて多くの友を得た。とくに長時間接した友の名のみ記す。島成郎《しげお》、香山《こうやま》健一、小野寺正臣、米島《よねしま》秀夫である。

「赤とんぼ」の歌

駅前再開発が進みビルが立ち並ぶ東京・立川駅前から、徒歩十数分のところに「国営昭和記念公園」がある。

百数十ヘクタールという広い敷地が、きれいに整備され、四季おりおりの花々が咲き、木々も緑豊かで、水辺もあり、夏には子どもたちが興ずるプールも設置されている。

休日ともなれば、家族連れや多くの人々が訪れ、西東京を代表する憩《いこ》いの場となっている。

この昭和記念公園は、公園に設置された各種のレクリエーション施設としての機能だけではなく、大規模な震災や火災発生時における、広域避難場所にも指定されている。大災害の際、救援隊のベースキャンプ・救護所・物資集積所として活用できる設計になっている。防災・減災の観点から都市近郊におけるすぐれた施設としての評価も高い。

*

一九五六年（昭和三十一年）十月、現在の昭和記念公園がある当時の北多摩郡砂川町に、私はいた。

戦前の陸軍飛行場を接収した米軍立川基地の拡張に反対した「砂川闘争」だった。当時の宮崎伝左衛門町長をはじめ、砂川町の住民たちがこぞって反対し、安保条約に基づく土地収用等特別法による収用手続きのための測量に対し、体を張った闘争だった。

「二度と戦争は嫌だ！」「軍事基地反対！」「農民の土地を守れ！」という、素朴な、しかも真摯《しんし》に平和を希求する住民たちの思いが、反対運動の原動力であった。

当初、砂川のお母さんや娘さんたちが、反対運動を展開し、デモを行い、座り込みで抵抗したが、すぐに警察機動隊に駆逐《くちく》された。基地拡張反対に共鳴する労働組合や各種団体が加わったが、実際に測量がはじまると、それらの勢力は雲散霧消して抵抗は微弱なものとなった。

砂川の婦人たちの間から、「学生さんに応援してもらうことはできないものか」という声があがった。それまで、私たち全学連は、跳ねあがりの学生たちの集まりという評価だったが、緊迫した事態が進むにつれ、「全学連、砂川に集結すべし」という声が高まってきた。

そして、私に白羽の矢が立ち、学生たちの総指揮者として砂川闘争の第一線に立つこととなった。

最初、東大駒場キャンパスにバスで乗りつけ、砂川への参加を呼びかけたが、呼応してくれたのは、わずか三人だけだった。

東大だけでなく、早稲田、明治、中央、法政などの各大学を回り、粘り強く学生に米軍基地拡張の非を訴え続け、最終的には各大学から、三千人以上の学生が砂川に集結した。

基地拡張のための測量が計画されていた、十月十二日、十三日が決戦の日だった。十二日は、警察機動隊もあらかじめの作戦通りだったのか、われわれと対《たい》峙《じ》しても、意外なほどあっさりと引きさがった。翌十三日にすべてを決しようと考えていたのだろう。

十月十三日。地元農民、労組員、学生たちと警察機動隊との衝突は激烈だった。この闘争にあたって、「学生たちも武装すべきだ」という強い意見があった。「せめて角棒ぐらいは持たせるべし」というのだ。

しかし、私は、断固、拒否した。

「非武装、非暴力で闘う。そうでなければ、こちらに大義があっても、真の勝利はない」と強く主張し、反対意見を押し切って、一切の武器を手にすることはしなかった。

その代わり、頭に手ぬぐいを巻くように指示した。機動隊から棍棒《こんぼう》で殴られても、手ぬぐいを巻いた部分に当たるようにして衝撃を最小限に食いとめる。また、棍棒で胸部や腹部を突かれると、外傷はなくとも内臓をいためる。これが、いちばん恐ろしい。農家の方が、わらで編んだ俵を提供してくれ、これを上着の下に巻きつけた。

「土地に杭《くい》は打たれても、心に杭は打たれない」という言葉を標語として、機動隊と真正面からの対決となった。

こちらは、棒きれ一つ手にしていない。機動隊に圧倒された。多くの者たちが、機動隊の棍棒によってけがをした。気がつくと前線に残っているのは、学生たちだけ。額から血を流し、凄惨《せいさん》な光景だった。

流血の闘争を間近に見ていた砂川のお母さんたちから、声があがった。

「もう、やめてください。私たちは、もう十分です。将来ある学生さんたちに、けがをさせ、血を流しているのを見るのは耐えられません。森田さん、あなたが責任者だ。中止の指令を出してください」

何人ものお母さんの涙ながらの訴えは続いた。

私は、機動隊と対峙している最前線に立った。おそらく、私は責任者として逮捕はまぬかれないであろう。でも、そんなことは関係ない。逮捕されてもいい。お母さんたちの涙を無にしてはならない。しかし、引くわけにはいかない、と考えていた。

長時間の抗争のため、学生陣でかなりの活動経験がある者も、体力の限界を超え、疲労困憊《こんぱい》の状態だった。

最後に向き合っていたのは、学生が数十人、対する機動隊が百五十人ほどだった。雨が降った後で、足もとはぬかるんでいた。疲れ果てた学生たちを、鼓舞《こぶ》して、ようやくのことで一列に対陣を組んだ。「もう少しだ。頑張ってくれ！」と一人ひとりに訴えた。

＊

疲労の極にいるとき、大きな支えとなるのが「歌」である。古来、民衆による革命は、歌によって勇気を喚起して闘ってきた。フランス革命でもそうだった。マルセイユからの義勇軍によって歌われたものが、現在のフランス国歌「ラ

＝マルセイエーズ」となっている。

当時、われわれが親しんでいた歌は、「民族独立行動隊の歌」で、さまざまな闘争の場で好んで歌っていた。

民族の自由を守れ
蹶起《けっき》せよ　祖国の労働者……

もし、この「民族独立行動隊の歌」を合唱したら、機動隊の闘争心を煽《あお》り、人数で劣勢なわれわれは、ひとたまりもなかっただろう。

とにかく、元気を奮い起こすために、声を出してほしかった。

「なんでもいい、歌を歌ってくれ」と懇願した。

すると、だれからともなく歌いはじめたのが「赤とんぼ」だった。

夕焼小焼の赤とんぼ
負われて見たのは　いつの日か
山の畑の桑の実を
小かごに摘んだは　まぼろしか
（JASRAC出1412931-401）

夕暮れの砂川に「赤とんぼ」の歌が響きわたった。

日没までの三十分以上、何度も繰り返し歌った。

学生たちと機動隊は、じっと対峙したままだった。機動隊は、一歩前に出さえすれば、疲弊しきった学生たちを蹴散らすことは容易だった。が、動かず、突撃してはこなかった。

私たちは、武器を持たず非暴力・人道主義で闘った。機動隊のなかには同じ年代の若者も多くいた。「赤とんぼ」の歌に心が動かされる純粋な気持ちがあったに違いない。

結局、日没のため測量は完了せず、米軍基地拡張を阻止することができた。権力との闘争において、市民が勝利した数少ない事例だといわれている。この砂川闘争は、後に続く市民運動の先駆けとなったとの評もある。

二〇〇八年九月二十日付朝日新聞の「別冊be」で伊藤千尋記者は、この日の夕方のことを「『赤とんぼ』の歌に守られた砂川」という記事にまとめ、こう結んでいる。

《母のぬくもりを懐かしみ、郷愁を誘う「赤とんぼ」は、自らの人間性を思い出させる歌でもあった。この美しい感性を、日本人は持ち続けられるだろうか。

「赤とんぼ　みな母探す　ごとくゆく」（畑谷淳二）》

砂川では多くの親しい知人、友人を得た。そのなかに長谷緑也（画家＝当時労組幹部）、学生の土屋源太郎、小島弘、白川文造らがいる。組合幹部とも親しくなった。しばらくたって、労働界統一・連合結成のときには、山岸章、藁科《わらしな》満治ら魅力的人物と知り合った。忘れがたき人々である。

忘れられない日

人生にはいつまでも忘れられない日がある。

私にとっては、八月十五日終戦の日とともに、一九六〇年（昭和三十五年）六月十五日が鮮明に脳裏に刻まれた、忘れられない日である。

あのころの私は、二年前に大学を卒業し、貿易商社に職を得て勤務していた。すでに左翼運動からは身を引いていた。一人の自由人だった。

ときどき、友人の島成郎《しげお》からは運動への復帰を勧誘されていた。何度も口説かれたのだが、断り続けていた。当時の学生運動は、表のリーダーが全学連委員長の唐牛健太郎《かろうじ》で、裏面でのリーダーがブント書記長だった島成郎であった。この二人が安保闘争のトップリーダーだった。

島成郎は東大入学以来の親しい友人だった。島は私より二歳年上だが、一九五〇年のレッドパージ反対運動で停学処分を受け、復学して私と同学年になった。六〇年安保のころは、東大医学部を休学して左翼運動に専念していた。

私は、二年留年した後、五八年にあたかも大学から押し出されるような格好で卒業した。もともと、学生運動は大学卒業までと決めていた。卒業後、一年間ほど学生運動とつき合った後、頃合いを見て、引退して距離を置いていた。

その島が、六〇年六月十五日深夜、突然、私のアパートにやってきた。「大変なことになった。樺《かんば》美智子さんが死んだ。手伝ってくれ。どうしても君の助けが必要だ」という。

島は必死の形相だった。

「もう僕の時代ではないよ」と断っても、島は引きさがらない。親友中の親友の島の頼みを断りきれず、しばらく島に協力することにした。

翌朝早く、勤めていた貿易商社の社長宅を訪問した。事情を話し、退職を許してもらった。会社に迷惑をかけたくなかったからだ。社長は腹の据《す》わった人で、退職金代わりに金一封を包んでくれた。私は、その金の半分を樺さんへの香典とし、残りの半分を資金難で苦しんでいた全学連にカンパした。

この日から日米安保条約が自然成立した六月十九日までの数日間、私は集会とデモの指揮をとった。必死の反対闘争もむなしく日米安保条約は六月十九日深夜、自然成立した。このとき、国会周辺に集まった大群衆へ向かって勝間田《かつまた》清一社会党国会対策委員長が、「われわれは自然成立など認めない」と大演説した。しかし、むなしく響いた。

日米安保条約の成立を阻止するための運動は敗北したのである。

＊

六月十五日に二十二歳で亡くなった樺美智子さんは、東大文学部の学生だった。私は、島成郎、生田浩二、香山《こうやま》健一らとともにブント結成時の中心にいた。まず、事務所を設けた。ところが、事務員がいない。

東大文学部にいた親友の佐藤誠三郎に相談すると、樺さんを紹介してくれた。樺さんは、たいへん地味で上品で真面目な東大生だった。事務所の整理や雑務、トイレの清掃などもきちんとやってくれた。事務処理能力もきわめて高かった。

樺さんが亡くなってから、「あのとき、ブント事務局の事務員になってもらわなければ……」などと考え、悔やんだこともあった。

日米安保条約反対の学生運動において、一九五八年から五九年末までは私は活動の中心にいた。しかし、五九年十二月にブントを去り、政治勢力と縁を切った。あらかじめ自分で決めていた予定を実行しただけだった。

しかし、親友の島は、その後も私の協力を求め続けた。私は断ったが、ときに断りきれないこともあった。六月十五日、樺さんが亡くなったときは、断るわけにはいかなかった。ほんの一時期だけ運動に復帰し、すぐまた去って、たった一人の自由な世界に戻った。

その後、島は東大医学部に復学し、熱心に勉強した。卒業して東大病院の医師となった後、沖縄の病院に勤務し地域医療に専念した。佐藤は、東大法学部に学士入学し政治学を志した。東大教授となる。香山は、大学院に進み、後に学習院大学で政治学・社会学の教授となった。

樺美智子、島成郎、生田浩二、佐藤誠三郎、香山健一、小野寺正臣……。彼らは、もうこの世にはいない。

法華経の平和思想

一九四五年以降、日本は戦争のない平和な国になった。他国を侵略することはもちろん国内での紛争もない。これは日本が世界に誇るべきことの一つである。しかしまだ世界にはテロや内戦などの争いがあり、多くの難民を生み出している。マスメディアが、紛争地域での悲惨な出来事を報じない日はない。

なぜ、戦争が起きるのか。政治、経済、文化などさまざまな要因が挙げられるが、より本質的に考えると、私は「戦争を合理化する理屈」のなかには、異質なものとの共存を拒否する偏狭な党派性が隠されているのではないかと感じている。

とくに西欧の宗教思想・社会思想のなかには、異質なものに対して非寛容であってもかまわない、という考えが根強く存在し続けているように思う。たとえば、いまは平和主義に立っているが、キリスト教は、二百年にもおよんだ十字軍遠征という戦争の歴史がある。宗教戦争は果てしなく続いてきている。

キリスト教は、長い歴史のなかで、平和を構築する方向へ変化してきている。しかし、西洋思想に基づいた近代科学技術文明の行きづまりを乗り越え、人類が平和に共存していくうえで、より大きな役割を果たせるのは東洋思想のほうではないかと私は思っている。

＊

東洋には、仏教、儒教、道教、ヒンズー教があり、また日本にも自然との調和を尊ぶいわば「日本教」とも呼ぶべき独特の価値観がある。これらの思想や価値観は、どちらかといえば「他人を傷つけずに穏やかに生きよう」という思想的枠組みのうえに成り立っている。

なかでも異質なものに対して寛容な仏教には、恒久的な平和な世界をつくるうえで、大きな可能性があるように思う。そして仏教のなかでも、万人の平等を説く法華経には、人類が獲得してきた平和の智慧《ちえ》がおさめられているように感じる。その法華経の精神を継いだのが日蓮であり、その平和思想を現代に展開しているのが、創価学会であると私は考えている。創価思想は恒久平和の宗教思想である。

そして、私の個人的な見解であるが、日本に生まれた創価思想が、強制とか威圧によってではなく、思想のもつ力によって、SGI（創価学会インタナショナル）として、平和裡《り》に世界中に広がっている。日本発の宗教思想が世界に広まるということは、日本の歴史でははじめてのことではないだろうか。これは画期的なことである。

もとより、何千年という生命力をもつ思想・哲学というものは、不思議と一人だけの天才によってつくられているわけではない。おおよそ三人の天才が、先人の業績を踏まえつつ、同じ系譜のうえで、自分自身の創造的努力を積み重ねることによって、巨大な生命力をもった思想が形成されてきた。

たとえば、古代ギリシャ思想の三代は、ソクラテス、プラトン、アリストテレス。その成立過程において、初代ソクラテスは思想に殉《じゅん》じ、二代プラトンが体系を確立し、三代アリストテレスがあらゆる自然科学、社会科学に広げていった。
キリスト教思想においても、初代イエスは殉教した。二代ペテロが組織をつくり、三代パウロが民族、言語、文化、習慣の枠を超えて世界に拡大させた。中国の儒教思想も、孔子、孟子、荀子《じゅんし》の三大儒によって三百五十年かけて形成され、あの文化大革命で迫害されても滅びず、現代にますます大きな存在感をもちながら生きている。

ギリシャ思想やキリスト思想、儒教思想と同様に、釈尊の説いた法華経思想が鎌倉時代、日蓮によって、大衆のなかに息づき、現代においては法華経の平和思想が創価学会によって継承されている。日蓮以来約七百五十年、創価学会創立から八十五年。この間、初代牧口常三郎会長は獄中で殉教、二代戸田城聖会長が七十五万世帯の組織をつくりあげた。三代池田大作会長(現名誉会長)が、平和、文化、教育の面で大きな業績をつくり、そして世界宗教へと広げたのである。戦後日本はトランジスタや自動車などを輸出し、一時期、経済面では成功したが、そうした次元とは比較にならない、はるかに深い、宗教思想上の大きな成功を遂げたといえるのではなかろうか。

人類が抱えるさまざまな課題を、対話によって乗り越えようと努力する姿勢そのものが、偉大な思想の証明だと私は思う。対話という平和的手段によって平和を創造する、何よりも人間を尊重する創価思想こそ、現代文明の行きづまりを乗り越える大きな可能性を秘めている。

人間の生き方を説いた古代中国の思想家・老子は、「われに三宝あり」と語った。一に曰《いわ》く慈（思いやり）、二に曰く倹（倹約）、三に曰くあえて天下の先（第一位）とならず、と。この老子の考え方には、創価学会のメンバーの方々のふるまいに通じるものがあるのではないか。つまり、他者を思いやり、つつましく暮らし、まわりの人間を蹴落とそうとしない。半歩ないし一歩さがって他者を立てて生きる、心豊かな、偉大な庶民の集団だと思う。

これからの日本が、世界で生きる道も、ここにあるのではないだろうか。きらびやかな生活を求めず、倹約したお金で困った人を救い、他を押しのけて自分だけの利益を追求するような生き方をしない。他国が紛争や内乱に巻き込まれていたら、仲裁に入って平和的貢献を果たす。

そのような利他の価値観をもった日本人が増えてこそ、日本は世界平和に貢献し、世界のなかで尊敬を勝ち得て、戦争のない平和な国として繁栄し続けることができるのではないだろうか。

＊

東日本大震災以降、日本人の価値観は変わりつつあるように思う。私も何度も東北各地に足を運び、多くの人々とお会いした。ボランティア活動に関心をもつ人も増えている。これは素晴らしいことである。私は、日本と日本人の未来を悲観していない。とくに、青年たちに期待している。

歴史をひもとけば、人類は自然から大きな恵みを受けるのと同時に、絶えず襲ってくる自然災害の試練に耐え、打ち勝ち、乗り越えてきたことが分かる。現在は、大きな変動の時代である。自然も変動し、社会も変動し、人の心も変動する。このような大変な時代だからこそ、人生をよりよく生きるための力をもちたい。

その力とは、人間のもつ智慧の力だろう。智慧の力とは、何があってもくじけない力、希望をもち続ける力といい換えられるのかもしれない。最近、レジリエンス（復元力、立ち直る力）という言葉が注目されているのも、このことを示唆《しさ》していると思う。

法華経が説く、万人の平等と利他の精神は、世界を恒久平和に導くものであり、「戦争を合理化する理屈」とは正反対のものだ。自らの内に他者の声を聞き、他者の姿に自らを見る――そのような精神は、人間のもつ智慧の力の最たるものだ。法華経の平和思想は、あらゆる平和思想のなかで最上位に位置する平和思想ではないだろうか。この思想は時代を超えて永遠に残る大きな潮流になる。私はいまそういう考えをもっている。

沖縄の「平和の砦」

訪れた地で、いいしれぬ霊気のようなものを感じることがある。

沖縄は、何度も訪れた地の一つである。

二〇一二年十一月、久々の沖縄訪問だった。このとき、はじめて、恩納村《おんなそん》の「世界平和の碑」の存在を知った。

碑文には、激烈に平和を希求する文言が次のように刻まれている。

平和は我ら人類の悲願である
しかし戦乱の業火は今なお世界の各地で燃えている
阿鼻《あび》の痛苦もまた
依然として熄《や》むことがない……
沖縄は永遠平和の砦《とりで》にして
まさに世界不戦の象徴なり
ゆえにこの地に恒久平和実現への
誓いを込めて『世界平和の碑』を建立する……
昭和五十九年三月二十三日　池田大作

かつて、この場所は米軍の核ミサイル「メースB」の発射台があったところだ(口絵・写真)。

その戦争の砦が、いま、平和の砦として生まれ変わっている。かつての核ミサイル基地のなかは、分厚いコンクリートの壁に囲まれていた。

このコンクリートの塊《かたまり》は、これを壊して新たに何か別の建物を建造するのは、事実上、不可能なほど堅固だったという。地下につながる階段をくだりながら、「このミサイル台の角度は、はるか中国大陸へ照準が合わされている」ことを知った。衝撃だった。何ともいえぬ霊気を感じる冷たい空間に、昔のままの角度の発射台が残る。思わず身震いした。

この分厚いコンクリートのトンネル状のミサイル基地は、戦争目的とはまったく反対の平和を目指す場として蘇生した。「戦争の愚を後世に伝え、二度と起こさないとの誓いの象徴」として残そうと、世界平和の記念碑として生まれ変わった。内部は、いわば平和博物館に姿を変えている。

沖縄戦の模様を絵画に描いた戦災県民の作品もある。

そして、池田大作創価学会名誉会長は、この沖縄の地で小説『人間革命』を書きはじめられたという。その肉筆原稿も陳列されている。

戦争ほど、残酷なものはない。
戦争ほど、悲惨なものはない。

この冒頭は、一度読んだら忘れられない。強烈にそして深く、読む者の心に訴えかけてくる。そこに、愚かな戦争の記憶を風化させまいとする、堅固な魂を感じる。池田名誉会長の平和の原点は、長兄のビルマでの戦死を聞かされたときの母上の慟哭《どうこく》であったという。私の戦争反対の原点もまた〝母の涙〟である。

*

二〇一四年三月、講演のため一年半ぶりに沖縄を訪問した。
はじめて、嘉手納町屋良にある「道の駅かでな」の屋上展望台から、道向かいの嘉手納基地を見渡した。同行した沖縄在住の友人たちもはじめてだった。

四千メートルの滑走路が二本ある。実際に一望すると膨大な広さの基地であることが、よく分かる。

金網で仕切られた周辺部には、こまごまとした野菜栽培の畑が見える。居住は認められていないが、耕作や農具を置くことは許されている。平和を求めて生きる沖縄農民の日に焼けた笑顔皺《じわ》が目に浮かんだ。

三角屋根の飛行機格納庫には、アメリカ特有の黒い戦闘機が整然と並んでいる。機体が黒いのは夜間飛行に特化した塗装なのだろうか。戦闘機が不気味な光を放っているのが印象的だ。

恩納村仲泊《なかどまり》にあるレストラン「カサラティーダ」でおいしい料理に舌鼓を打つ。

海を一望できる立地にある。〝沖縄の地中海〟と呼ばれる恩納村にふさわしく、豊かな沖縄の恵みを活《い》かした沖縄地中海料理でもてなしてくれる。

エレガントな美人オーナーが、私たちの席まで挨拶にきてくれた。名物の豚肉料理、白身魚がとくにいい。気取らない味のパスタも私の胃によく合った。

沖縄料理は、何を食べてもおいしい。沖縄の豚肉料理では定番のラフティーは泡盛《あわもり》によく合う。沖縄の漁師料理である白身魚のマース煮は絶妙な塩味である。

前夜の中華料理も、ほとんどの食材が沖縄産だった。長寿県沖縄には、個性的な食材がたくさんある。沖縄を訪れる楽しみの一つに「食」を挙げる人は多い。

＊

再び、「平和の砦」を訪ねた。

おりから「世界平和の碑」除幕三十周年を記念して「核兵器なき世界への連

帯」展が開催されていた。これは、ICAN（核兵器廃絶国際キャンペーン）の協力を得て制作された展覧会だった。

沖縄の地での「核兵器なき世界への連帯」展は、すべての核兵器を「過去の遺物」としていく誓いとなる展示会である。核兵器にまつわる欺瞞《ぎまん》や問題点を、多方面から明らかにしている。

私が、とくに注目したのは、一九六二年（昭和三十七年）のキューバ危機に際して、まさにこの地に配備されていた中距離核弾頭ミサイル「メースB」が、発射目前であったという三人の元米兵による証言パネルである。

キューバ革命に成功したカストロ首相がソ連（現ロシア）からミサイルを購入しようとし、フルシチョフ・ソ連首相がキューバへの核ミサイル輸出にゴーサインを出す。その核ミサイル運搬船を確認した米国務省ならびにケネディ大統領は、「十五分以内に核ミサイルを発射して核戦争布告の可能性がある」という旨を沖縄に伝えてきていたという証言である。

間一髪、核戦争の勃発《ぼっぱつ》は避けられたが、もし、ここから核ミサイルが発射されていたら、核ミサイルによる反撃によって沖縄は壊滅していたであろう。それどころか、日本全体が滅亡してしまったのではなかろうか。

核戦争は、遠くにあるものではない。きわめて間近に核戦争勃発の危機が迫っていたことを痛感させられる証言内容は、衝撃的だ。

核戦争の危機は過ぎ去った歴史的事実ではなく、まさに現在進行形であると認識しなければならないことを教えてくれる。

私が立っている、「この地」が、核戦争の引き金を引く場所になったかもしれないのだ。ここで感じられる「霊気」は、そういうことだったのか……。

F君への手紙

《森田君、われわれが生きてきた戦後は、平和の時代だった。

いま、安倍政権がなそうとする集団的自衛権行使を解釈改憲で認めようとしているのは、とんでもないことだ。

いままで、われわれが堅持してきた平和を無にしてしまう暴挙だ。

安倍晋三という政治家に、日本をゆだねてしまったために、ひどいことになってきた。

どうにもならぬのか、森田君。

平和を守るためなら、何でもやる。

何をしたらいいのか、教えてくれ！》

学生時代の友人Ｆ君からの手紙である。

私は、長い返事を書いた。

冠省
書簡、拝受。

Ｆ君も健勝の由、何よりだ。

さて、貴兄が憂慮している、集団的自衛権行使を解釈によって容認し、事実上、改憲してしまおうとしている安倍首相のやり口には、僕も遺憾《いかん》極まりない。

そもそも、日本国憲法成立以降、政権がどう変わろうとも、この集団的自衛権が日本国憲法のもとでは、とうてい容認できないことは、一貫して変わらない政府見解であった。

それは、至極、当然の理だ。日本国憲法第九条が平和主義を高らかに宣言し、「国権の発動としての戦争」を放棄しているのだから、どう解釈しようと、「戦争ができる」ことを憲法が許容するはずもないし、また、そんな曲解が許されないことは自明だ。

にもかかわらず、安倍内閣は、国連憲章第五十一条に「集団的自衛権を各国が有する」とあることを錦の御旗として、「わが国も、集団的自衛権を有し、その行使ができて当然だ」という理屈で、横車を押そうとしてきた。

だが、個別的自衛権は、この国連憲章が制定される以前から、各国が固有に有する権利として広く容認されていたものだった。それに対し、集団的自衛権は、国際政治の妥協的産物として国連憲章においてはじめて登場した概念だ。これ以前に国際法上において集団的自衛権が承認されていたという学説は皆無である。

集団的自衛権の本質は、直接に攻撃を受けている他国を援助し、これと共同で武力攻撃すること、すなわち戦争をすることを認めるところにある。自国が直接的な攻撃を受けていなくても戦争突入が可能となる。

二十世紀中盤以降の国際間における、すべての戦争は、この集団的自衛権行使を口実に戦闘の端緒が開かれたといっても過言ではない。

*

安倍首相らの集団的自衛権行使の容認論者は、巧妙なるレトリックを駆使する。「個別的自衛権」と「集団的自衛権」は、文字面《づら》では「個別」と「集団」の違いしかないことから、「友好国が困っているとき、助けないでどうするのだ」と、あたかも「個別的自衛権」をほんの少し、友だちのために広げるだけのことだというような稚拙《ちせつ》なプロパガンダをしてきた。

さらには、憲法第九十六条の改正だけを目的にする憲法改正を提案した。憲法改正の発議をよりしやすくし、憲法を改悪しやすい下地づくりを目論《もくろ》んだ。まずは、改正条項を変え、そして憲法第九条を変えようとした。さすがに、これには、改憲論者の憲法学者でさえ、異論をはさみ、あえなく引っ込めざるを得なかった。

米軍と自衛隊が軍事行動をしやすくするため、米国にならって国家安全保障会議をつくることを法案として国会に提出し、軍事的な日米同一化を可能とする仕組みづくりを成し遂げた。

そして、第二弾として、特定秘密保護法案を、多くの反対意見があるにもかかわらず、無理押しして成立させてしまった。

安倍首相の最終目標は、あくまで「わが国が、好きなときに好きなように戦争ができるようにすること」だ。

外堀が埋まったと考えたのであろう。

いよいよ本丸。それが、集団的自衛権の行使容認を解釈によって実現することだ。なし崩し的憲法九条の改憲が安倍首相の宿願である。

本来であれば、国民的大議論が巻き起こってもおかしくない。いや、むしろ、大いに議論を交わすべき大問題である。

それなのに、まず、テレビがこの問題を真正面から扱うことを意図的に避けた。テレビはマスコミの王者である。そのテレビが集団的自衛権反対論を報道しないのは、政府にとっては大歓迎だ。ＮＨＫ会長人事においても、報道機関のトップにふさわしくない人物を任命した。こうして着々と集団的自衛権行使の容認への道を突っ走ってきた。

安倍首相は、さらに策略を講じた。

この大問題を閣議決定で解釈変更するために安倍首相の考えに共感している有識者だけを集めて、「安全保障の法的基盤の再構築に関する懇談会（安保法制懇）」と称する、たんなる安倍首相の個人的諮問機関に過ぎないものに国家百年の大計をゆだねようとした。

この「安保法制懇」に、安倍内閣お友だち御用学者は多く加わってはいるが、憲法を専門とする学者はほとんどいない。日本のまともな憲法学者であれば、この集団的自衛権行使を可能にする解釈改憲を支持することは難しいだろう。

昔なら、といういい方をすると懐古的な老人の繰り言と思われるかもしれないが、僕らの若いころなら、こんな暴挙を眼前に座して見過ごす者はいなかっただろう。国会を二重、三重に取り巻く人垣で反対の狼煙《のろし》をあげただろう。

当然、僕もF君も、そこに加わっているに違いない。

＊

さて、では、いま僕たちにできることはないのだろうか。
戦争の真っただなか、米爆撃機の銃弾をかいくぐって生き残った僕らだからこそ、平和の大切さを訴え、集団的自衛権の行使容認がいかに危険で愚かなことであるかを、説いていかなければならないと思う。それが、戦時下を経験した者の義務だろう。

僕は、講演で語り、執筆原稿に書き、ブログでも発信している。今後も、続けるつもりだ。
F君も、戦争の悲惨さと平和の大切さを語ってほしい。

過日、僕は沖縄での講演の際、クラウゼビッツの『戦争論』のなかの「戦争とは、他の手段をもってする政治の延長である」を引き合いに出して、「政治の目的は平和を守ることにあり、戦争は政治の敗北である」と述べ、安倍内閣・自民党改憲勢力を批判した。

すると、聴衆から、「そうだ、その通りだ！」との合いの手が入り、大拍手が起きた。異例のことだ。平和を求める沖縄の民衆は、この問題について、本土の人間より格段に鋭敏であることを痛感した。

＊

Ｆ君。

ただし、僕は絶望していない。希望をもっている。多くの平和を愛する国民が心配している二〇一四年七月一日の閣議決定の最初の部分を読んでいただきたい。

専守防衛、軍事大国にならず、非核三原則、日本国憲法を守ると明記してある。安保法制懇の報告書は事実上否定された。

公明党は粘り強い対話の努力によって、安倍路線にブレーキをかけた。公明党は平和の党としての力を発揮したのだ。閣議決定は専守防衛を堅持するとした。集団的自衛権行使はできないのである。公明党の主張通りにやれば、日本国憲法の平和主義を今後も貫くことは可能である。

頓首

二〇一四年八月

白金台の寓居にて

森田 実

第二章

素晴らしき出会い

隔世の感

東京・お茶の水の予備校に通いながら浪人生活を送っていた私は、家の跡継ぎを意識するようになっていた。

というのも、伊東で父は建築業を営んでいて、もともと長兄が建築士として、父の仕事を手伝っていた。その兄が戦争にとられ、終戦の一年後に箱一つで戻ってきた。そのときの両親の落胆ぶりは見るのも辛《つら》いほどだった。それで、私が建築を学んで家業を継ごうという気持ちがあった。

大学受験に際して、私は東大理科Ⅰ類を志望した。東大は、入学時は「科・類」での募集である。文科、理科のそれぞれがⅠ類・Ⅱ類・Ⅲ類に分かれている。当時の文科は、Ⅰ類が法学部・経済学部、Ⅱ類が文学部・教育学部などに進学するコースだった。理科は、Ⅰ類は工学部・理学部（数物系）、Ⅱ類は理学部（生物系）・医学部・農学部・薬学部・獣医学部コースだった。いまはⅢ類まである。

建築をやろうと思って理科Ⅰ類に入学したものの、そのことで両親が喜ぶというようなことはなかった。私が家業を継ぐという程度のことで、息子を戦争で失った悲しみが乗り越えられるものではなかったのだ。

私のすぐ上の兄も、同じことを考えていたのだろう。結局、その兄が建築士になり父の跡を継ぐことになった。

そのことで、私は建築科に、あまりこだわりをもたなくなっていた。

*

クラスで数学を勉強しようというグループが自然にできたことがある。五人ほどで数学研究のサークルをつくった。あるとき、「微分幾何学」という研究会に入った。そこでは、「n次元空間」というような観念の世界の話になっていく。

しかし、私には、どうしても理解できない。それで、「悪いけれど、僕には分からない。抽象数学は理解できないから、やめるよ」と仲間にいった。すると、「じゃあ、森田は何をやるんだ」と聞かれたので、「学生運動だ」と答えた。周囲はあきれたのか、苦笑していた。

当時、東大駒場寮に寄宿していたが、そこは活動家のメッカで、周りから勧められてはいたが、まさか、のちに自分が先頭きって旗を振ることになろうとは夢にも思っていなかったころである。

数学の勉強グループ五人のなかで、一人だけ数学者になった友人がいた。後年、彼に、「君はすごいね。あの数学が分かっていたんだろう。僕は全然分からなかった」と話をすると、「いや、僕も全然分からなかった。分からないといわなかっただけだ」と彼は答えた。どうも、皆が分かっていなかったらしい。学問の世界も人生も、やはり、諦《あきら》めないということが大事なのだ。

建築に挫折し、数学も諦め、さて、どうしようかと迷った。そこで、第一志望を建築学科に似ている土木学科に出した。前年の進学状況を調査してみると、私はギリギリ入れる成績だと考えた。学生運動に入れ込んでいたわりには、成績では私の後ろに百人くらいはいた。追試を受けることもなかった。一応、第二志望は鉱山学科に出しておいた。

ところが、ふたを開けてみると、土木には入れなかった。ためらいなく鉱山に進学を決めた。

鉱山学科は、ほとんどが第二志望で入ってきた学生ばかりだったが、それだけに個性的な人が多かった。登山が好きで、「山登りには、いちばんいいだろう」ということで鉱山を専攻した猛者《もさ》もいた。

鉱山学科は、明治期より日本の産業近代化をエネルギー面で支える学問であったので、定員数が多く、実験室も広かった。


この広いスペースで、「ダンス教室をやろう。僕がタンゴを教える」と提案した学生がいた。

即席の実験室ダンス教室では、指導役の学生が、タンゴを教えた。すぐに上達する者もいたし、なかなかステップが覚えられない者もいた。

そのうちに、「タンゴもいいが、われわれは日本人だ。阿波踊りをやろう。俺が本場の踊りを教える」といい出した男がいた。徳島の出身だった。実験室でタンゴと阿波踊りを覚えた。

終戦から間もないころで、若者の娯楽もそうなかった時代である。いまの多種多彩な娯楽に溢《あふ》れた時代を生きる学生から見れば、ほんとうにつましい、ささやかな息抜きの場だったと思う。

わが青春の鉱山学科の名は、とうの昔に消えてしまい、一時は「資源開発工学科」になった。現在では「システム創成学科」という難解そうな名称で継承されているという。時代の流れを痛感する。

*

一時期、ボートに夢中になった。

浅草駅で電車を降りて、大学対抗戦のある隅田川に向かうが、毎回、ヘドロに汚染された悪臭に悩まされた。

唱歌「花」にうたわれた「春のうららの隅田川……」という風情はとても感じられず、鼻が曲がりそうになるほど強烈な臭いだった。

ボートを漕ぎながら、口の悪い同僚から出た「川に落ちたら死ぬぞ」といった脅《おど》し文句が真実味を帯びるほどの汚染ぶりであった。この先、東京はどうなるのかと不安を感じたのを覚えている。戦争の傷あとが残っていた時代だった。

その隅田川をいま訪ねると、遊覧船が優雅にたたずみ、春には桜並木が美しく、若いカップルから、中年の女性仲間まで多くの観光客で賑わっている。東京スカイツリーの勇姿もすぐ間近に見える。

私の学生時代の隅田川とは隔世の感である。

数年前の桜の咲く季節に、墨田区での講演会に講師として招かれたとき、終了後、私よりも年長の紳士が控室まで訪ねてこられた。初対面だったが、「素晴らしい講演でした」と、しばらく感想を含め讃《たた》えてくださった。

談たまたま、かつての隅田川の汚濁ぶりに話がおよんだとき、紳士は「あのころ、大量のし尿が垂れ流されていました。私は船底まで入って、光るビスを見つけ動かぬ証拠をつかんだんです」と淡々と語りはじめた。本来なら、し尿処理船で海の沖の黒潮まで運ぶべきところを隅田川に垂れ流していた。業者も役人もその事実を隠していた……。

目の前の紳士は、五十年前に隅田川浄化作戦の先頭に立っていた大川清幸《せいこう》氏（元東京都議・参議院議員）であった。著名な方である。

私は感激し、「東京をこんなに美しい街にしてくださって、ありがとうございます。感謝します」と、心の思いをそのまま口にしていた。

進歩的文化人

大学に入った年の、夏の終わりごろの暑い日だった。

私は、京王線高井戸駅で下車して、当時社会学の第一人者として名の知られた清水幾太郎《いくたろう》さんの自宅を訪ねていた。汗をふきふき、駅からかなり歩いた記憶がある。

広い庭があり、立派な邸宅だった。

当時、清水さんは東大教授ではなく学習院大学教授だったが、著書『社会学講義』は、東大生の間ではよく読まれていた。非常に売れていた本で、社会学では多くの大学で教科書になるほどの内容だった。私も持っていたが、他の本とは、まるで別格の扱いだったと思う。清水さんは、東大文学部を卒業し社会学の助手をへてフリーの著述家となり、読売新聞論説委員を終戦まで務めていた。

東大駒場祭で私は、学園祭の企画を担当していた。その企画段階で、清水幾太郎さんを講師に招いて講演会をやろうということになった。超大物文化人を招聘《しょうへい》しての企画であり、学生も聞きたい。学外からの来訪者もきっと喜ぶだろうと盛り上がった。そして、清水さんへの交渉役は、私ということになったのである。

清水さんのお宅で来意を告げたが、清水さんは不在だった。お手伝いさんが出てきたので、秋の東大駒場祭での講演をお願いしたいと用件を伝えた。だが、清水さんは、非常に忙しい時期だった。私の依頼に対する返事はなく、残念ながら、講演会は実現しなかった。

＊

その翌年、松川事件の仙台高裁の二審判決が出た。一審に続く有罪判決だった。作家の広津和郎《かずお》が雑誌論文で無罪論を展開し、多くの文化人・作家も被告たちを支援する運動に加わった。吉川英治・川端康成・志賀直哉・武者小路実篤といった有名作家たちも名を連ねていた。

抗議集会が芝公会堂で開かれることになり、私も参加した。登壇者の演説がそれぞれ非常にうまかった。説得力があった。

そして、清水幾太郎さんが登壇した。怒りを込めた演説が、また超一流だった。聴衆が熱狂し、会場が割れんばかりの大拍手で包まれた。
すごい人がいるものだと思った。

三年後の遅い春、清水幾太郎さんの関係者と名乗る人から、会合を開くので、きてほしいと連絡があった。当時、私は全学連平和部長だった。呼ばれた場所は、四谷のそば屋の二階の小さな部屋である。そこに、清水さんがいた。清水さんと直接会ったのは、このときがはじめてである。百八十センチはある長身だった。

高野実さんと青木市五郎さんもいた。高野さんは、日本労働組合総評議会の事務局長だった。ご子息がジャーナリストの高野孟《はじめ》さんである。

青木さんは、立川の砂川町基地拡張反対同盟の第一行動隊長で、有名な「土地に杭《くい》は打たれても、心に杭は打たれない」の言葉を残した人だ。

このとき清水さんは、「砂川の農民を助けよう。砂川の農民を見捨てるようなことをしてはいけない。いまこそ砂川闘争に立ち上がれ。全学連よ砂川闘争に参加せよ。森田君やってくれ！」と説得された。希代のアジテーターといわれた大学者の説得はすごかった。

労働界を代表する高野さんにねじをまかれ、命がけで基地闘争をやっている青木さんにけしかけられた。

そのころ私は、どうやって大学を卒業しようかと思案していたが、この会合で卒業も就職も断念したのである。清水さんの一言に、まさに「人生意気に感ず」で砂川闘争へ突入したのである。

清水さんはたいへんな知的能力の持ち主で、秀才のなかの秀才というのは、こういう人のことをいうのだと思った。東京・日本橋生まれの江戸っ子らしい、きっぷのよさがあり、それでいて忍耐強くものごとに対処できる人だった。若輩の私たちに対しても、丁寧な言葉遣いで、紳士だった。いわば〝義侠心をもつインテリ〟だった。

文章表現の名手でもあり、『論文の書き方』（岩波新書）はロングセラーとなり、いまも多くの人に読まれている。清水さんは、昭和を代表する進歩的文化人の第一人者といっていいだろう。

一九八八年（昭和六十三年）八月十日、清水さんは八十一歳で逝去《せいきょ》された。その二十年後の命日に行われた「偲《しの》ぶ会」で、私はあいさつに立った。

「進歩的文化人時代の清水幾太郎先生は、弱きを助け強きをくじく生き方を貫いた。偲ぶ会をきっかけに清水先生の再評価がはじまることを期待したい」

進歩的文化人といわれる学者のうち個人的にとくにお世話になったのは、清水幾太郎先生のほか、南原繁《なんばらしげる》先生（東大総長）、安井郁《かおる》先生（原水協理事長）である。立派な人格者だった。

エメラルド婚

一九五八年（昭和三十三年）、二年留年ののち、東京大学工学部を卒業した。大学を卒業はしたのだが、過去に学生運動をしていたということで就職口も見つからず、さりとて大学院に進もうにも、受け入れてくれる研究室も見あたらなかった。

職のない素浪人生活である。いつまでも姉たちのところに居候するわけにもいかず、困っていたところ、東大の四年後輩にあたる白川文造君が、「世田谷の池ノ上に一軒家を借りた。空き部屋があるので、よかったらいっしょに住まないか」と誘ってくれた。

どうしようかと迷っていたところだったので、それは渡りに船のような、うれしい誘いだった。

白川君は、東大文学部を卒業後、フジテレビに入社し敏腕プロデューサーとして活躍し『鉄腕アトム』『若者たち』『おらんだ左近事件帖』『北の国から』など数多くのヒット番組を手がけたことで知られる。後にＢＳフジ社長も務めた。

池ノ上の一軒家には、白川君の父上も住んでいた。白川君の父上は、香川県観音寺商工会議所会頭を務めたこともある経済人だった。四国から上京していたが、日中、家に残るのは、私と白川さんの二人となる。自然、二人で話をするようになった。政治や経済、世界情勢、そして文学、芸術など話題は広範におよんだ。白川さんは大きな人物である。

白川さんとは、年は離れていたが気が合った。そうこうしているうちに、「森田君、キミの嫁さんは私に世話させてくれ」というようになった。白川さんに熱心にくどかれたが、失業中の身、それを受ける気にはなれなかった。

＊

あるとき、白川さんが、「森田君、いっしょに行こう」とだけいって、港区白金台のとある家に連れていかれた。どんな目的で、その家を訪れるのかの説明は一切なかった。

行ってみて、ようやく理解できた。その家の女性（白井茂子）と私の見合いが目的だったのだった。突然のことで、驚いた。だが、これも運命かとも思った。

この縁談については、友人の香山《こうやま》健一君が熱心に勧めてくれた。そして、相手方も私と結婚することに異存はないようだった。私も同じだ。紹介してくれた白川さんをはじめ、友人たちのバックアップもあって、「それなら結婚しようか」と決意を固めたものの、難関が残されている。

相手方の親御さんの了承がとれていない。どうも実家の家族のなかに反対者がいるようだった。実家は、香川県の旧家である。

まずは、私自身が香川に行って白井家にあいさつし、彼女の両親と兄に結婚の承諾をしてもらうようにしなければならない。

そこで、早速、高瀬町の白井家を訪れた。

父親は、歴史のある眼科病院の院長で、「医は仁術」を実践していた。生活が苦しく治療費がない人たちには、無料で診療をしている骨太な医師だった。

白井家の広い座敷で彼女の父親を待った。診療を終わった父親は寡黙《かもく》な人だった。私は「はじめまして、森田実と申します。よろしくお願いします」といったが、その後、しばらくの間、沈黙が続いた。

少し時間をおいて、「娘をよろしく」と声が発せられた。

こうして、彼女の実家から結婚の承諾は得られたのだが、まだ難題はあった。四国の名家でもあり、結婚に際しての媒酌人《ばいしゃくにん》には香川選出の代議士・大平正芳氏にせよという主張が彼女の姉から出された。これには弱った。私は白川さんにお願いしたかった。もう一つ、反権力を掲げて学生運動・大衆運動に邁《まい》進《しん》してきた私である。それが自民党の代議士に媒酌人をお願いするということを素直に納得できなかった。さりとて、彼女の実家の実力者の姉の顔も立てねばならない。

いろいろと悩んだ末、それまで何かと私に親切にしてくださっていた衆議院議員の風見章先生に仲人をお願いしたいと考えた。風見先生は、なぜか私を気に入ってくださり、ときおり、国会を訪ねると、部屋に招き入れてくださり、さまざまな話を聞かせてくれた。

風見先生に媒酌人のお願いをしたところ、快諾《かいだく》をもらった。ただし、風見夫人は病床に伏されているので、夫人の代役として、大山郁夫・早稲田大学教授夫人の大山柳子さんが務めてくださることになった。私は、真の仲人の白川さんに詫《わ》びた。

のちに首相となる大平正芳氏には新婦側の主賓として結婚披露宴に出席してもらった。媒酌人が社会党の代議士、新婦側主賓が自民党の代議士ということになり、時代に先駆けた「自・社連立」などとからかわれた。

*

結婚に際して、風見先生は、「老鶴一羽、起立向風」の言葉を色紙に揮毫《きごう》してくれた。「老いた鶴が一羽、風に向かって立つ」という意味である。以後、この言葉を座右の銘として生きてきた。

そして七十歳を過ぎてからは、「老猿一匹、風に抗して立つ」といい換えている。私は申《さる》年生まれである。

この五十五年間、さまざまな「風」に直面した。そのたびごとに、妻・茂子に支えられ、幾多の苦難を乗り越えて、現在まで至ることができた。多忙な私に代わり家を守り、二人の息子を育ててくれた。

「老猿」となった昨今において、私のトレードマークとなっている和服を着るときも、妻が帯を締めてくれる。そのたびごとに、私は妻に感謝している。強すぎず、緩《ゆる》すぎることもなく、ぴたりと帯が定まる。背筋が、すっと伸びるのだ。家のこともすべてまかせている。

私が曲がりなりにも「風に抗して立つ」ことができているのは、ひとえに妻の存在あればこそと強く思う。

もうすぐ結婚五十五周年を迎える。五十年で金婚式、五十五年はエメラルド婚式なのだそうだ。

老猿一匹、エメラルド婚を誇りに風に抗して立ち続けたい。
白川文造君の父親と弟の司郎君にはたいへんお世話になった。

怒鳴り合い

清水幾太郎先生のご縁で親しくなった哲学者の吉村融《とおる》さんがいた。あるとき、吉村さんから「父が、森田君に会いたいといっている」と話があった。当時、吉村さんは埼玉大学で教鞭《きょうべん》をとっていた。のちに、埼玉大学大学院政策科学研究科長をへて、政策研究大学院大学学長となる。

吉村さんの父上は、「早稲田にこの人あり」といわれた名物教授（政治学）の吉村正先生だ。吉村先生は、当時、自由民主党中央政治大学院の学院長を務めておられた。

自民党中央政治大学院は、自民党の政治教育機関で党本部と同じ建物のなかにあった。

吉村先生を訪ねて、政治大学院にうかがった。すると、先生は、「いや、じつは用事があるのは、私ではない。幹事長に会ってくれ」ということだった。それで、吉村先生に連れられて、幹事長室におもむいた。

*

当時の自民党幹事長は、橋本登美三郎《とみさぶろう》さんだった。橋本さんは、茨城県潮来《いたこ》の出身で早稲田大学を卒業し、戦時中まで朝日新聞記者だった。戦後、政界に転じ、潮来町長をへて衆議院議員となった人だ。世間からはいろいろいわれたが、立派な人物だった。

田中内閣成立に尽力し、自民党幹事長となったばかりのころだった。

橋本さんは、すぐに竹下登さんと奥田敬和さんも呼び、本題に入った。


用件は、こういうことだった。

自民党としてマスコミ対策を重視したい。それには、党として、しっかりした新聞社をもつ必要がある。これを機に党本部の建物を建て直し、そこに新聞社もつくりたい。これまでマスコミにはさんざん叩《たた》かれた。だから、こんどは自分たちで新聞社をつくって言論・広報活動を幅広く展開したい。資金も百億円用意できている。


橋本さんは、早稲田で吉村先生の一年先輩だったそうだ。その関係もあり、吉村先生に適任者はいないかと打診したところ、ご子息の縁で、「いま、遊んでいる男が一人いる」ということで私に声がかかったようだった。

当時、私は出版社を退社し、浪人中でとくに仕事には就いていなかった。

聞いてみると、計画はかなり具体化し、新聞をつくる中心者さえ決めれば、すぐにでも発足できるところまできていた。

橋本さんの話をしっかり聞き、少し考えて、私は自分の意見をいった。

「潤沢《じゅんたく》な資金が用意できているとしても、その金を目当てに多くの人が寄ってくる。それでは、いい新聞はできないだろう。新聞というのは、金をかければ内容のいいものができるのではなく、長い時間をかけて、人を育成し、新聞を育てていくことで、読者の信頼が得られるもの。そこには、五十年、百年という時間が必要だと思う。

マスコミ対策に苦慮したから、自分たちでマスコミをつくってしまおうというのは短絡的だ。むしろ、マスコミに自民党のことを、これまで以上に知ってもらう努力こそすべきだ。新聞記者に懇切丁寧に伝えていくことが、自民党を正しく理解してもらうために有益だと思う。新聞社を性急につくっても意味がない。大切なのは地道な説得と教育だ」

　すると、橋本さんは、顔を真っ赤にして怒りはじめた。

「何をいうか。新聞が何たるかは、君に説教されなくても分かっている。俺も朝日新聞にいた人間だ。君のお説教を聞くために、呼んだのではない。やってくれるか、どうか、そこを聞きたいのだ」

　橋本さんは、早稲田大学の雄弁会で「闘将」のニックネームで呼ばれていた人だ。私のような若造が生意気なことをいうので、相当に腹立たしかったのだろう。

「潤沢な資金を目当てに、人だけが群がって、本来あるべき『新聞』とは遠く離れたものしかできない仕事を、手伝うわけにはいきません」

　と私はいった。

しかし、橋本さんは譲らない。

私も「手伝う」とはいわない。予定の時間はとっくに経過していた。どちらも興奮して、議論はまるで怒鳴り合いのようになってしまった。

途中、秘書が何度もメモを橋本さんに手渡す。次の面会者がどんどんたまっていたのだ。

それが私にも分かったので、「これで、失礼させていただきます」と幹事長室を退室した。廊下には、長い人の列ができていた。多くが私を睨《にら》んでいた。百五十人は超していただろう。

＊

あれだけの怒鳴り合いまでして、幹事長じきじきの依頼を断ったのだから、これで先方もあきれてご縁はなくなったとばかり思い込んでいた。

ところが、それから二日後。墨痕《ぼっこん》あざやかな達筆で速達が届いた。裏面には、「橋本登美三郎」と書かれている。

なかを見ると、「先日は、じつに楽しい時間を過ごすことができた。非常に楽しいやりとりだった。痛快だ。ああいうことを、ぜひ、またやりたい。また、きてほしい」という趣旨の手紙だった。

大声で怒鳴り合うような議論をしたのに、不思議な人だとは思ったが、私のような若造と本音で話をしようという姿勢に共鳴できる部分があり、後日、再び、自民党本部を訪ねた。

受付で来意を告げると、こんどは、総裁室に案内された。これには驚いた。

そして、橋本さんは、新聞社を新設するというプランは引っ込めていた。違うかたちで自民党の広報活動や人材育成をしていくことに方向転換していた。

それからしばらくして、私は評論活動をするようになった。人と会うことが仕事なのだが、相手が、どこまで本気で腹を割って話せる人なのかどうか判断する眼を、橋本さんとの出会いは教えてくれた気がする。

いまとなっては、あの怒鳴り合いが懐かしい。

橋本登美三郎幹事長の側近の奥田敬和氏は、私に「保守政治」を教えてくれた恩人だ。奥田氏の縁で二階俊博氏と知り合った。この世で大事なのは人のつながりである。

言論界の恩人

編集者として私が日本評論社に入社したとき、二人のすぐれた先輩がいた。畑中繁雄さんと清水英夫さんである。のちに、ものを書いたり評論活動をしていくなかで、この二人に出会えたことは、幸せだったと思っている。

これからの経済学は、数式を用いる計量経済学が主流になるだろう、理数系の知識がある編集者が必要と会社は考えて、理系出身の私が日本評論社に採用となった。入社にあたっては、学生運動をしていたことで、何かと障害があった。それでも、周囲の方々の尽力もあり、何とか入社でき、社会人として働くことになった。

＊

当時、日本評論社の編集局長だったのが、畑中繁雄さんだ。畑中さんは、早稲田大学を出て中央公論社に入社。一九四二年（昭和十七年）から四五年にかけて、『中央公論』などの雑誌に掲載された論文がきっかけで、編集者・新聞記者など約六十人が逮捕され、その半数が有罪となり、四人が獄死した「横浜事件」に畑中さんはかかわっていた。

畑中さんは、軍部に毅然《きぜん》と対峙《たいじ》し、中央公論社を退社した。戦後、中央公論社に復帰したが、四七年に同社を退社して日本評論社に入った。言論人として、どんなことがあっても筋を通し、不当な権力に対して、断固闘っていく姿勢を貫いた。「剛毅木訥《ぼくとつ》仁に近し」を地でいくような人だった。

「ペンは剣よりも強し」という言葉がある。「文章表現によって、人々に訴えていくことは、武力以上に威力をもつ」という意味だ。言論人が、これを貫くことは非常に難しい。戦前の日本において特高警察が目を光らせて徹底して言論統制を張っているなかで、正義の言論を展開することは、まさしく命がけであった。

不当な権力に負け、ペンを折り、挫折していった人は数知れない。だが、横浜事件で逮捕され、数々の弾圧や拷問《ごうもん》にも屈せず、自らの信念を貫き通したのが畑中さんだった。

不屈の精神と温かなヒューマニズムを体現しているような人だった。穏やかで真っすぐな心根をもった人格者だった。

出版社に入社したときから、畑中さんと身近に接したことは、言論出版の世界で生きるための模範となった。畑中さんと仕事ができたことは、私の誇りでもある。

＊

畑中さんとともに日本評論社で、お世話になったのが清水英夫さんである。清水さんは、同社の出版部長であった。清水さんは東大法学部を出て、中央公論社に入社し、後に日本評論社に移ってこられた。『法律時報』編集長を務め、『法学セミナー』などの雑誌刊行にも携わった。

清水さんは、元旗本であったお父さんが牧師であったこともあり、敬虔《けいけん》なキリスト教徒だった。生涯、信仰を貫いた人格者だった。

年齢が私より、ちょうど十歳上で、誕生日が十月二十一日で、十月二十三日の私と二日違いだった。だから「十年と二日先輩」と記憶していたものだ。

当時、日本評論社は経営が大変で、何か大型企画を成功させて社運をもり立てようということになっていた。『戦後資料二十年史』と題する、戦争が終わってから二十年間の戦後資料集となる書籍を刊行することになった。出版部長だった清水さんが総責任者で、私が事務局長となった。編集にあたっては、「政治編」「経済編」「法律編」「労働編」「社会・教育編」「年表編」の六冊に分けた。いっしょに仕事をしていくなかで、清水さんから学んだことは多かった。

清水さんは、知性・教養の面でも道徳面でも非常にすぐれた人だった。よく、酒席をともにすることがあったが、酒が入っても品格があり、けっして乱れるようなことはなかった。一流の人物が、どのような仕草、言動をするのかということを清水さんの姿から学ぶことができた。

清水さんは、飄々《ひょうひょう》とした人だった。ものごとに対して先入観を抱くことなく、常に本質を見極める眼をもつ生粋《きっすい》の言論人だった。

のちに学問の世界に身を置き、青山学院大学法学部長を務めた。晩年は、弁護士としても活動した。日本出版学会会長、出版倫理協議会議長、映画倫理委員会委員長などの公職も歴任した。二〇一三年六月、清水さんは九十歳の生涯を終えられた。

平和主義を掲げ、基本的人権の尊重、言論思想の自由を守ることに生涯を捧げた人だった。

文筆で糊口《ここう》をしのぐようになった私にとって、清水さんは「文章の師匠」ともいうべき大恩人であった。

宮崎吉政氏、飯島清氏（ともに政治評論家）にもお世話になった。テレビの最初の仕事は宮崎氏の紹介による。共同通信、時事通信に紹介してくれたのは三宅久之氏だった。言論活動を四十年以上支えてくれたのは高野寛君だった。四氏とももういない。

フジテレビ（めざましテレビ）では、北林由孝氏に世話になった。

洋上大学

一九七三年（昭和四十八年）のことだった。自民党主催の洋上大学を企画しているので、講師として船に乗り込んでほしいという依頼があった。自民党が新聞社を設立して広報活動をしようという計画は頓挫《とんざ》し、そのかわりに洋上大学を開いて、若手の党員を対象にした政治教育をしていこうというものだった。

これもまた、橋本登美三郎幹事長からの依頼だった。

当時、私は出版社を退社して、何人かの友人たちと出版・編集のプロダクション的な仕事をしていたが、時間はたっぷりあった。だが、講師といわれても人様に講義ができるようなものは思い浮かばない。

橋本さんは、「話の内容など、何でもいい。とにかく講師として乗船してほしい」とあいかわらずの強引さである。

友人も、「森田君は、これから評論の仕事もしようと考えているのであれば、自民党をよく知っておいたほうがいい。アジアの国々も実際に見ておいてはどうか」と勧めてくれた。

船旅は、沖縄にも立ち寄るという魅力もあり、不承不承ではあったが、引き受けることにした。

洋上大学は、「コーラル・プリンセス号」という一万二千トンの五百人ほどの乗客を収容できる豪華客船で開講された。

この洋上大学には、全国から計四百五十七人の若者たちが参加していた。参加者の顔ぶれは多彩で、国会議員の秘書、県会議員、市会議員、これから政界を目指そうとする人など、やる気のあるメンバーが多かった。

十六日間かけて東南アジアの各国を巡る船旅をする。船上では、ほぼ毎日講座が開かれ、講師は私を含め、計二十人ほどが乗船していた。

船旅は、情緒があっていい。洋々と広がる大海原を見ているだけで気持ちが伸びやかになるような気がする。飛行機と違って目的地に着くまで時間はかかる。それがまた、距離を実感できるメリットもあるように感じた。

しかし、私は船旅を楽しむために乗船したのではない。洋上大学の講師として講義をしなければならないのだ。

何を話すべきか。困った。私に講義ができることなど、限られている。それも一回だけの講義で終わるのではなく、何日も連続的に講義をしなければならない。一回あたりの講義は約三時間の長丁場である。

いろいろ考えた末、結局、私は「マルクス・レーニン主義」について講義をすることにした。これなら、何日でも話すことができると考えたのだ。

講義の冒頭、私は聴講生にこう語りかけた。

「皆さんは、おそらくマルクス・レーニン主義というものが、どんな内容であるかを、きちんと整理して講義を受けたことはないのではないかと思います。これから政治の世界を目指そうとされている人にとって、このマルクス・レーニン主義の正しい認識をもっておくことは、将来、きっと役立つのではないかと考えて、私の講義は、これをテーマといたします」

会場は、しーん、としていた。自民党の勉強会で「マルクス・レーニン主義」というのだから当然のことだろうと思った。だが、聴講生の様子を見ると、皆、真剣に私の話に耳を傾けている。目が輝いているのだ。

二回目以降になると聴講者が減るだろうと予想していたのだが、意外なことに「森田の講義は面白いらしい」ということで、参加者は増えていった。

私は、聴講生が自民党関係者だからといって、頭ごなしにマルキシズムや共産主義を否定するような話はしなかった。その評価は、各個人にゆだね、マルクス・レーニン主義の本質がどのようなものであるかを、分かりやすく客観的に語るように努めた。

*

おかげで、講義は盛況だった。

十数日間同じ船で寝食をともにすると、親近感も湧いてくるのであろう。同じ地方から参加した人たちが、洋上大学が終わった後も、地元で洋上大学同窓会を組織して、定期的に集まることもあった。全国各地に戻った参加者のなかから「ぜひ、私の地元でも講演をしてほしい」という依頼がくるようになった。

また、洋上大学の模様を聞いた人たちからも「森田の話は面白いらしい」ということで、やはり各地から講演に招かれるようになった。

洋上大学では多くの友人を得た。そのなかに、国務大臣有村治子氏の父親の有村國宏氏や小樽貴賓館のオーナー・佐藤美智夫氏がいる。

洋上大学でのマルクス・レーニン主義の講義がきっかけで、私は全国各地での講演活動に大いに奔走するようになった。

「瓢簞《ひょうたん》から駒《こま》」ならぬ、「マルクスから講演」がはじまったのである。

「忠恕」の人

あの東日本大震災から三年半が経過したが、その傷はまだまだ癒《い》やされていない。震災直後から、多くの人がボランティアで被災地支援に携わっている。ほんとうに頭のさがる思いがする。何か顕彰されるわけでもない。だが、行政の手が行き届かない部分で、ボランティアが果たしている役割はきわめて大きい。

善意の人々の活動が、地道に継続されていることは、日本国民として誇りに思う。

＊

そうした支援活動を熱心に続けている尊敬すべき友人がいる。歌手・俳優として著名な杉良太郎さんである。杉さんは、奥様の伍代夏子さんとともに何度も被災地に救援活動におもむいている。

杉さんの社会貢献歴は、五十五年にもおよぶ。杉さんの芸能活動歴五十年よりも長い。まだ、歌手としてデビューする前、歌の師匠に勧められて刑務所を慰問したのが、そのはじまりだ。以降、刑務所訪問と刑務所職員への支援を続け、現在に至っている。国から「法務省特別矯正監《きょうせいかん》」に任じられている。

また、ベトナムの親をなくした孤児たちの支援に全力を注ぎ、私財を投入して二十五年以上も奉仕活動をしてきている。

さらに、阪神・淡路大震災の発生直後にはヘリコプター二台をチャーターして現地に乗り込み、長期間、決死の救援活動にあたった。同時に多額の寄付もした。被害の大きかった神戸市長田区は杉さんのふるさとである。

杉さん夫妻は、災害が起きたら、すぐに行動する。現場に駆けつけ救援活動をするだけではなく、被災者の実際の姿を見て、必要な物資を私費で購入し、自ら困っている人たちに届ける。杉さん夫妻の支援活動は、自己犠牲的献身そのものである。

東日本大震災においては、これまでの災害をはるかに上回る規模で支援し、それを継続している。

杉さん夫妻が、東日本大震災の被災地に、一週間かけて調理したカレーライスを二万食分用意して届けたことがある。「二万食のカレー」というのが、どのくらいの分量なのかも見当がつかない。

じつは、杉さんは歌手になるため上京して、下積み時代にカレー専門店に住み込みのアルバイトをしていたことがあるそうで、杉さんがつくるカレーは玄人《くろうと》はだしなのだ。カレーをつくっていたら、奥様の伍代夏子さんが、「豚汁もつくりたい」と提案し、これまた大量につくって被災地に持参した。

この大量支援食物の輸送が壮大である。冷凍冷蔵車、飲料水用・ガソリン用・灯油用などのタンクローリーなど、運搬用車両を計十六台連ねて現地に向かった。石巻、南三陸、また空気中の放射能濃度が高いためにボランティアが引きあげてしまったような地域にも行った。

そうした場所で、杉さんは「全身で深呼吸して、放射能の混じった空気をきれいにしようとした」と真面目な顔でいう。それで、原発事故の影響がある地域に行ったときには、私も全身で深呼吸するようにしている。

ボランティア活動について、杉さんは、言葉少なに私に話す。普通のことを普通にしているだけだと淡々とした口調で、こともなげに語るだけだ。

二〇一三年六月、ベトナムを訪れた。同年三月のベトナム港湾見学に続く二回目のハノイ訪問だった。

このときは「日本ベトナム・ベトナム日本特別大使」である杉良太郎さんが中心となって実施される「日越友好四十周年記念事業」に参加することが目的だった。

杉さん夫妻、宇宙飛行士の野口聡一さん、ピアニストの辻井伸行さんらもいっしょに行動しての旅だった。

*

杉さんは、ベトナムでのボランティア活動を実践している。とくに、親をなくした孤児を助けるため、孤児たちの里親となり、物心両面でベトナムの子どもたちを支えている。その杉さんが、里親として孤児たちとかかわるようになった話は感動的だ。

二十五年前、杉さんはベトナムを訪れたとき、お菓子を一人の少女に渡した。しかし、食べようとしない。杉さんは、どうして食べないのかと聞いた。するると、少女は、「お菓子はいりません。お父さん、お母さんがほしい」とつぶやいた。それを聞いた杉さんは、思わず外に駆け出して、建物のかげで泣いた。孤児の子どもたちの心を理解できなかったことを恥じた。福祉とは何か、その本質を自らに問い直した。

杉さんは戻ってきて少女にいった。

「これからは、僕が、きみたちのお父さんになる」

これが杉さんがベトナムの孤児たちの里親となるきっかけとなった。

「日越友好四十周年記念事業」では、野口聡一さんがハノイ技術大学で講演し、「日本とベトナムの宇宙開発推進」を進めていくきっかけになるだろうと思われた。

辻井伸行さんはオペラハウスでのコンサートを開き、万雷の拍手が鳴りやまなかった。辻井さんとは「グエン・ディエン・チュウ盲学校」を訪ねた。この盲学校でも辻井さんのピアノ演奏で大いに盛り上がった。

＊

私が、もっとも心を打たれたのは、ハノイ市内にある「バックラー孤児院」を訪問したときのことだ。

杉さん夫妻とともに孤児院に到着すると、百数十人の子どもたちが大歓声で迎えてくれた。入り口には大きな看板が掲げられていた。「杉良太郎特別大使、バックラー孤児院にようこそいらっしゃいました」と記されていた。

杉さんは、子どもたちに駆け寄り、手を握り、抱きかかえた。真の親子の再会そのものだった。

講堂で、孤児全員と杉さんとの交流会がはじまった。杉さんは、子どもたちに語りかける。

「皆さん、元気ですか。健康がいちばんです。体を大事にしてください。風邪をひかないようにしてください。困ったことがあったら、院長先生に話してください。お父さんは、どんなことでもします。院長先生のいうことをよく聞いて勉強し、少しでも世の中の人々のために役立つ人間になってください。きょうは、皆さんの話を聞かせてください」

するると、後方にいた青年が挙手して、話しはじめた。

「お父さん、お母さんこそ、お体を大切にしてください。お父さん、お母さんのおかげで皆、元気にやっています。お忙しいお父さん、お母さんの体が心配です。僕は最近、病気になり、お父さん、お母さんに心配をかけました。いつも感謝しています」

こうして、子どもたちが、それぞれに近況を語る。

三十代と思われる一人の美しい女性が立ち上がった。杉さんは、彼女をステージに招いた。彼女は、静かに語りはじめた。

「お父さん、お母さんのおかげで元気に暮らしています。私たち兄弟姉妹四人が、お父さん、お母さんの養子となったとき、私は九歳でした。お父さん、お母さんのおかげで、しっかり勉強ができ、よい大学を出て、よい仕事に就くことができました。いまは、結婚して、子どもも生まれました。幸せです。お父さんに毎日、感謝しています」

それを聞いた杉さんは、「二十五年前のことを覚えているかい？『お菓子はいりません。お父さん、お母さんがほしい』といったね」

彼女は、「はい、覚えています」と答えた。

杉さんがベトナム孤児の里親になることを決意した、あの瞬間の少女が彼女だったのだ。

親と娘の情愛があふれる光景に、だれもが涙をおさえることはできなかった。

すでに、杉さん夫妻は、八十人を超える子どもたちの里親となっている。里親とはいえ、実の親子と変わりない。学費はもちろんのこと、高校・大学に進学を希望する子どもには塾の費用も負担している。

＊

杉良太郎さんを人間として私は心の底から尊敬している。杉さんは千両役者である。最高の歌手である。私は妻とともに杉さんの舞台やコンサートには欠かさず行く。私たち夫婦は俳優・役者としての杉さんの熱烈なファンである。しかし、私たちが真に尊敬しているのは、杉さんの人間性に対してである。杉さんのことを私は「忠恕《ちゅうじょ》の人」と呼んでいる。

論語のなかに次のような一節がある。

子曰《いわ》く、「参《しん》や、わが道は一《いっ》もってこれを貫く」。曾子《そうし》曰く、「惟《い》」。子出《い》ず。門人問いて曰く、「何《なん》の謂《いい》ぞや」。曾子曰く、「夫子《ふうし》の道は、忠恕《ちゅうじょ》のみ」

「忠」は良心をいつわらぬこと、「恕」は他人への思いやりの意味だ。杉さんは真っすぐな心をもち、他人への思いやりを一貫して守り抜いて生きている。私が杉さんに深い尊敬の念を抱き続けている理由の第一はここにある。

われは湖の子

一九八〇年代のある冬のことだった。早朝、中央線下諏訪《しもすわ》駅のホームで「ただいまの気温、零下八度です」と放送があった。吐く息が白く、信濃の冬がいかに厳しいものかを実感した。

講演の要請があり、前日に諏訪を訪れた。

時間があれば、全面結氷した諏訪湖を縦断する氷の裂け目として有名な「御《お》神渡《みわたり》」を見てみたいと思っていた。結氷の膨張でできる裂け目は、ほぼ湖を二分するかたちで、諏訪神社の上社《かみしゃ》と下社《しもしゃ》を結ぶラインにできる。そこから、「神様が氷上を渡る道」として「御神渡」とされたようだ。

だが、そのときは、時間の余裕がなく下諏訪駅から帰京した。

海のない県である長野県の諏訪地方では、この諏訪湖のことを、古くは「湖《うみ》」と呼んでいたそうである。そんな話を耳にして、若山牧水《ぼくすい》を思い出した。

海はわがために　魂のふるさととなり　みなもとなり

＊

二〇一三年の夏、諏訪湖をきれいにする運動のことを知った。これまでも、さまざま湖浄化の活動が展開されてきた諏訪湖だが、今回は、「二〇一三・一〇・一三　抱きしめてプロジェクトIN信州『つなごうすわ湖』」と題された企画である。諏訪出身の知人から、この運動の呼びかけ人となることを依頼された。

諏訪湖と聞き、下諏訪駅でのことがあざやかに脳裏によみがえり、即座に「呼びかけ人」の一人に加わることを承諾した。この企画は、諏訪湖の周囲十六キロメートルを人の手と手でつなぎ、「諏訪湖を抱きしめよう」というものだ。中央線岡谷《おかや》駅に出迎えてくれたのは、竹村安弘氏。長身の竹村氏は、今回の企画の発起人でもあり岡谷市議会議員である。

竹村氏が案内してくれたのは、諏訪湖の出口にあたる釜口水門だった。諏訪湖という湖は、流れ込む川は数多いが、湖から流出するのは天竜川だけである。ここから、愛知県をかすめ静岡県を南下して遠州灘《えんしゅうなだ》に注ぐ。流域には、私も建設時に見学したことのある佐久間ダムもある。

その天竜川の出発点が釜口水門だ。水門脇に整備された小公園があった。そこには、『琵琶湖周航の歌』の作詞者である小口《おぐち》太郎の像がある。小口太郎の生家は諏訪湖の西側、湊村（現・岡谷市湊）にあり、旧制諏訪中学の出身だ。諏訪地方は数多くの文化人を輩出していることでも知られ、岩波書店を創設した岩波茂雄、山岳小説で名をはせた新田次郎なども同校で学んだ。竹村氏も旧制諏訪中学が新制高校となった諏訪清陵高校の卒業生である。

像のちかくには、歌碑のプレートとともにスイッチがある。それを押すと、「われは湖《うみ》の子」ではじまるメロディーが流れてくる。私はその音に合わせながら思わず歌を口ずさんでいた。

われは湖の子　さすらいの
旅にしあれば　しみじみと
昇る狭霧《さぎり》や　さざなみの
志賀の都よ　いざさらば

松は緑に　砂白き
雄松《おまつ》が里の　乙女子は
赤い椿の　森蔭に
はかない恋に　泣くとかや

小口太郎が旧制三高に学んでいたころ、琵琶湖を見ては、ふるさとの諏訪湖を思い出して作詞したものといわれている。諏訪の人たちが、諏訪湖を「うみ（湖）」と呼ぶことがあらためて理解できた。

＊

昼食は、「うなぎ・川魚料理　割烹濱丑《はまうし》」で、おいしい「うな重」を食べた。かつては遠く太平洋から天竜川を遡《さかのぼ》ってくる鰻《うなぎ》が、この地の名物だった。近年は諏訪湖で鰻はとれないのだという。天竜川のダムに魚道が整備されなかったことが原因のようだ。
しかし、「いつかは諏訪湖で鰻が育つように」との思いがあり、岡谷市には「うなぎ」の名店が多いという。

それから、竹村氏は諏訪湖を西側から一周、案内してくれた。湖を左手に見ながら、釜口水門のほぼ正面にある諏訪市の諏訪湖漁業組合を訪問した。

藤森貫治組合長、濱國夫専務理事、原宏ＪＡ信州諏訪理事らが出迎えてくれた。

パワーポイントを駆使しての藤森組合長の話は、迫力と説得力に満ちていた。諏訪湖で生活の糧を得てきた人たちの湖に対する思いが、ひしひしと伝わってくる。昔は、エビ、鰻、タニシなど多くの淡水魚介類が豊富な湖だった。いまは、エビも鰻も貝類も姿を消し、とれるのは、わずかにワカサギのみだという。そのワカサギも漁協が人工孵化《ふか》したものである。漁協がこの努力をやめれば、昔の漁獲量の百分の一に激減するらしい。

この話は、諏訪湖が水生生物の住める湖ではなくなったことを意味する。要因には、湖底の「貧酸素化」とヒシ（菱）という水中植物の大繁茂《はんも》がある。このヒシの繁茂によって諏訪湖の水面は濃い緑色をしている。諏訪湖をどう浄化していくかは、地域にとって大きな課題である。

岡谷市に戻り、「つなごうすわ湖」プロジェクトを支援している中村正久氏、プロジェクト若手代表の川合隼人氏と懇談した。二人とも熱心に活動され、世代を超えた地域ぐるみの運動となりつつあることを感じた。

岡谷市役所にも足を運び、今井竜五市長とお会いした。今井市長も竹村氏と高校の同級生だ。充実の還暦を迎えたばかりの年代である。

今井市長はいう。

「岡谷市民は諏訪湖の水を飲料水にはしていませんが、天竜川の流域の人々は飲料水にしています。天竜川の水を利用している多くの人たちのためにも、諏訪湖の浄化に全力で取り組んでいます」

今井市長は市民から信頼されているパワフルな実行力のある人だ。高校生のころボート選手として活躍し、毎日諏訪湖でボートを漕いでいたというだけに、諏訪湖を愛する気持ちも人一倍と感じた。

諏訪湖は信州の母なる湖である。
神が宿る神聖な湖でもある。
この諏訪湖の浄化は、いま政府が進めようとしている国土強靭化《きょうじんか》、防災・減災の国づくりの基本となるものだと思う。

人工衛星まいど一号

「一番じゃなきゃ、ダメですか？」といい放ち、最先端スーパーコンピューター開発予算を削減しようとした政治家がいた。民主党政権の幼稚さ、稚拙《ちせつ》な政治姿勢の象徴的な場面だったかもしれない。

資源に乏しいわが国が、世界と渡り合っていくためには、科学技術の発展に全力をあげなければならない。高度に発達したテクノロジー分野においては、その研究・開発には巨額の資金を必要とし、個人や一企業の力ではいかんともしがたい。

有望な研究、将来性のある技術開発には国費を投入して支援していくことが、これからの日本には不可欠だ。

*

日本の工業技術は、おおよそ中小企業の力に依存している。世界的な大企業でもつくれないような部品・製品をつくっている中小企業が日本には多くある。

いま、私たちを悩ませている福島第一原子力発電所は、米国を代表する大企業GE（ゼネラル・エレクトリック社）が製造した。日本企業も製造能力はあったが、米国からの圧力や諸般の事情があり、GEがつくった。

人類史上に残るような大惨事を引き起こした原因の一つがGEのずさんな設計・製造姿勢にあると指摘する専門家は多い。元GE関係者が、それを裏付けるような証言もしはじめている。

福島第一原発事故の詳細については、原子炉の状態を直接に調査・分析できるような公開がなされていないので、断言はできないが、「もし、日本の企業がつくったとしたら、あの程度の地震や津波で、こんな大惨事を引き起こすようなものはつくらなかっただろう」と指摘する専門家や技術者の言葉は重い。私も同感である。

日本の工業技術への高い評価や信頼の基礎は、ネジ一本、ナット一個に至るまで、製作者の魂魄《こんぱく》が込められ、「モノづくり」へのプライドをもっている優秀な技術者がいるからだと思う。

そうした日本の高い技術力を象徴するのが、中小企業が共同製作した人工衛星「まいど一号」だろう。直木賞を受賞した池井戸潤氏の『下町ロケット』の舞台ともなっている大阪府東大阪市の東大阪宇宙開発協同組合による「まいど一号」の成功は大きな話題となった。

二〇一〇年十月、私は東大阪市を訪れ、「まいど一号」の開発で知られる「アオキ」の青木豊彦社長（現会長）に会った。

東大阪市は、東京都大田区と並ぶ中小製造事業者の一大集積地だ。バブル経済崩壊や大企業の生産拠点移転などで、全盛期には一万以上あった事業所も現在は六千ほどに減少している。

*

青木社長は東大阪市モノづくり親善大使でもある。一目見て「天才」経営者だと感じた。精悍《せいかん》な感じで行動力のあるたくましい経営者である。

「天才とは忍耐である」といったのは十八世紀フランスの博物学者・ビュフォンである。青木社長は強い忍耐力を発揮して天才的技術を創造し、仲間の中小企業との連携を実現したのだろう。

この「まいど一号」は、大阪らしさが溢《あふ》れるネーミングもあってマスコミに大きく報道された。日本で打ち上げられているロケット、人工衛星は、どれをとっても日本国内の中小企業が手がけている。

日本のロケットだけではない。

東京都日野市に講演で訪れたとき、日野市にはNASA(アメリカ航空宇宙局)のロケット部品をつくっている小さな会社があることを知った。このように高い技術力のあるすぐれた中小企業は多い。

その中小企業が、いま、非常に厳しい状況に置かれている。

日本が、ほんとうの意味で再生するため、政府は中小企業支援、技術振興への取り組みに予算措置を含め、より力を入れていかなければならないと思う。

中小企業の再生なくして、日本経済の再建はなし得ない。

ネバーギブアップ

大学で鉱山学を専攻した私は、実習で北海道の炭鉱を回ったことがある。三菱美唄《びばい》炭鉱、住友赤平《あかびら》炭鉱とめぐり、北炭夕張炭鉱での実習だった。当時、石炭は花形産業だった。

しかし、石油がエネルギーの中心になるにつれ、一挙に衰退していったのが日本の石炭産業である。夕張が「炭鉱の街」として最盛期であったとき、私は実習で訪れたことになる。そのころ、人口も最大十二万人におよんだ。

夕張市は、二〇〇七年三月に財政再建団体に指定され、事実上、財政破綻を余儀なくされた。いまでは、人口が一万人を割ってしまっている。高齢化は全国の市のなかでも、もっとも進んでいるという。その夕張を、一二年の五月と七月に相次いで訪れた。学生時代に夕張の全盛期を知っているだけに、感慨もひとしおであった。

町のあちこちに、人の気配がまったくない建物が多くある。朽ちて廃屋《はいおく》同然になった家屋もある。人がいなくなるというのは、不気味だ。通りを行き交う人はほとんどいない。

小ぎれいな夕張駅は、北国のロマンを誘う趣《おもむき》のある建物だ。だが、駅構内での乗車券販売はされていない。簡易委託を請け負っているのが、駅舎の裏手にあるホテル「マウントレースイ」。フロントで乗車券を扱っている。乗車人数が、一日あたり百人に満たないというから、無理からぬ話だ。

ホテル「マウントレースイ」のレストランで、二度にわたり地元の若手実業家との懇談の機会をもった。素朴で真面目な夕張の青年たちとの話し合いは、有意義なものだった。「マウントレースイ」自慢の「あんかけ焼きそば」はボリューム満点でおいしかった。

*

夕張の現状は厳しい。

人口減は著しく、なんとか人口の減るのを食い止めなければならない。そのためには、働く場を確保することが急務だ。

集《つど》った夕張の若きリーダーたちは、大好きなふるさとを何とか盛りあげたいと、日夜、頑張っている。夕張青年会議所の小菅弘和氏・矢野雅也氏、北寿産業の柳沼伸幸社長・柳沼克俊氏、丸友の葛健二代表、石田鉄工の平野忍氏、夕張桜守代表の本田靖人氏、夕張市議会の高橋一太議長、小林尚文議員、高間すみこ議員、そして、コーディネーター役の河合毅氏らがそれぞれ意見を出し合う。


「駅周辺にサッカー場をつくって、Ｊリーグチームはできないか」

「若者が就職できる企業を誘致しよう」

「魅力ある観光地として全国にアピールしたい」

だれもが瞳を輝かせて熱く語る。

市は財政破綻しても、夕張っ子たちの気持ちは前向きである。こうした熱意ある若者がいることは、夕張の貴重な財産である。


有名な夕張メロンを栽培する農家も訪れた。案内してくれたのは、夕張市農業協同組合の木下誠氏である。

夕張メロンは、生育時の温度によって、糖度や生育期間などに違いが出るらしく、均一の品質を維持するため、ハウス内の温度管理にコンピューターを導入していた。

メロンづくりのプロの手腕と科学力が、世界に冠たる夕張メロンを支えていることが、よく分かった。

＊

その後、高間すみこさんの案内で、夕張の迎賓館といわれる「夕張鹿鳴館《ろくめいかん》（炭労記念館）」を見学した。高間さんは、オールウェイズ・スマイルのお手本のような明るい女性だ。

「夕張鹿鳴館」は、北海道炭礦《たんこう》汽船株式会社が役員交歓や来賓接待等を目的にして一九一三年（大正二年）につくった。延べ床面積約千四百平方メートルの木造平屋、北海道では珍しい本格的和風建築だ。

建物の内部は和室と洋室を組み合わせた和洋折衷のつくりで、おそらく当時の建築技術の粋を集めたものだろう。炭鉱が隆盛を極めていた時期に、この建物を利用できたのは経営陣と、一部の炭労幹部たちだったのではなかろうか。贅《ぜい》を尽くした内装や調度は、炭労幹部たちの驕《おご》り高ぶりも連想させられる。炭労幹部と炭鉱労働者との間には、待遇面でも大きな格差があったに違いない。

夕張に行くたびに思う。夕張、芦別、赤平、美唄は、一九五四年に鉱山学科の学生として訪問した実習の地である。わがふるさとである。

何とかして、夕張を去った人たちが、再び夕張に戻ってくるようにしたい。せめて、最盛期の人口の三分の一くらいまでは、人口を増やすことはできないものか。青年たちの明るく元気な姿に接するたび、「ネバーギブアップ」と叫びたい。

心の底から夕張を応援している。

生涯現場主義

しばしば東日本大震災の被災地に出かける。講演の場合もあるし、各地を視察で回ることもある。

「生涯現場主義」をモットーとする私は、現場を自分の目で見て、人々の話を直接に聞かないと、ものごとの本質は分からないと考えている。東京の書斎で、入ってくる情報をどんなに精査・分析したとしても、現地に立って肌で触れた実感には、およびもつかない。

大震災後はじめて、講演で福島県いわき市に出向いたときのことである。いわきは学生時代に訪れた常磐炭鉱があったところであり、思い出深い青春グラフィティの地である。一九五五年七月、鉱山学科の卒業実習のため一カ月滞在したもう一つのふるさとである。ふんどし一つでカンテラをつけて、炭坑に入ったことも懐かしい。そんな感慨を抱きながら常磐線いわき駅に立った。

＊

講演が終わったあと、参加した中年女性数人が私との懇談を希望されているとの主催者の声かけで、帰りの列車の出発時間まで、円陣の形でお話しする機会があった。皆さんとても上品な淑女であった。

被災地においては、われわれが想像もできない数々の課題がある。国や行政による支援でカバーしきれない問題が山積みされている。

震災と原発事故で、困っていることがあっても、それを他者に伝える術《すべ》すらもたない人が多い。相談しようにも話す相手がいなかったり、何をどうしたらいいのか途方に暮れたままの人も多い。「困っている」という声を発することすらできない人もいる。

私を囲んでいる女性たちは普通の主婦でありながら、被災地で困っている人たちの悩みを聞き、その解決に向けて全力で取り組んでおられる人たちだった。地域の住人の困りごとが、行政にかかわることであれば、地元の議員や役所につなぐ。その進捗《しんちょく》状況を注視し、督励《とくれい》することもしている。

会話が進むにつれ、ときおり涙ぐみながらの話も聞いて、被災者の個人的な問題にも親身になって耳を傾けていることが手にとるように分かった。私は心からその無償の行動に感服した。

いつの間にか帰りの時間も迫ってきて、最後に、どこにお住まいなのかとたずねた。

すると、「じつは、私の自宅は原発の避難地域にあり、いわき市内の仮設住宅で生活しています」と一人のご婦人がいう。そして、隣におられた方も、「私も仮設住宅です」と。

驚いた。被災地で、困っている人のために熱心に活動されている方が、ご自身が被災者であったのだ。被災者なのに、落ち着いた様子で、その地域の人のために尽くすことが楽しくて仕方がないんです、と皆さん満面の笑顔である。

仮設住宅は、何かと不自由であろう。家や財産を失い、何も残っていないだろう。それでも人を助けるために尽力されているのだ。

なかには「配達員もしています」と笑顔の女性もいた。聖教新聞の配達員もしているのである。避難生活のなかでも、地域の人に尽くし、新聞の配達員までされている。これはまさしく、仏さまの行いだ。

私の東京の自宅マンションにも毎朝、五時四十五分に聖教新聞を入れていただいている。悩める人に勇気と希望を届けようという高潔な精神をもっているのが配達員さんであると、日頃から感じていた。

配達員さんが去っていかれる後ろ姿にあいさつしたとき、マンションの管理人さんから「森田さん、何をされているんですか」と声をかけられたので「仏さまの後ろ姿に、最敬礼しているんですよ」といったことを、私は思い出していた。

私は、ただただ、この日お会いした福島のエレガントなご婦人たちの姿に深い感銘を受けた。帰りの時間が迫り、あわただしく失礼して、皆さんのお名前を聞くこともできないまま、文字通り、一期《いちご》一会《いちえ》となった。ほんとうに感動的な出会いだった。

帰路、いわき駅から上野駅までの約二時間、車窓を眺めながら、人のために尽くす生き方を自らの信念としてもつことの強さをつくづく学んだ気がした。そして、こんなに素晴らしい人たちが、真に東北の復興を支えていくのだろうと強く思った。

*

いわき市といえば、市内にある東日本国際大学の客員教授を拝命し、同大学で定期的に講義させてもらっている。

東日本国際大学は、学校法人昌平黌《こう》が運営する大学で、孔子の教えである「儒学」を根幹とした人間教育を行っている。少人数制を基本とし、「心で伝える教育」がモットーの温かでアット・ホームな雰囲気が漂う大学である。

この東日本国際大学は、「福島第一原発から一番近い大学」である。だから、大学ではブログで定期的に環境放射能測定結果を発表している。それによれば、健康被害を心配する数値ではない。

大震災を乗り越え、むしろ災難を前進のバネにして発展しているのは、理事長である緑川浩司氏の卓越したリーダーシップと学園運営手腕によるところが大きい。緑川理事長は、エネルギッシュで情熱の人だ。教育にかける熱意と地域を愛する気持ちから発せられる言葉は、学生たちの胸を打つ。

大学における私の講義をコーディネートしてくれているのが、先崎彰容《あきなか》准教授である。先崎氏は、『ナショナリズムの復権』(ちくま新書)を上梓《じょうし》して、日本の論壇の若きリーダーに躍り出た。非常にすぐれた本で、ぜひご一読をお勧めする。穏やかな語り口で、学生たちに嚙《か》んで含めるような話をする。きわめて分かりやすい。

私の講義に先立ち、先崎氏が学生たちに前もって予備授業をし、私の著書をテキストに講義の論点を明らかにする準備をしてくれる。

講義当日は、学生たちに交じって地域の方々も聴講している。「開かれた大学」を標榜《ひょうぼう》する東日本国際大学にふさわしく、講義する者としてもうれしい限りである。そして、講義終盤では、学生や一般の方から鋭い質問がなされる。その質疑応答は私の楽しみでもある。

また、印象的なのは、必ず何人もの大学教員の皆さんが、講義を最初から最後まで聴いていることだ。ここに大学の熱意と教員の優秀さを垣間見る思いがする。

あるとき、東日本国際大学の教職員対象の講演において、私は「いわき学」を提唱した。大震災、津波、原発事故という未曾有《みぞう》の事態を経験した地である「いわき」だからこそ構築できる学問があるはずだ。

狭い意味の地域学ではなく、これまでなかった新しい視点からの学問探究を、いわきを発信源として展開してほしいと願う。

復興の旗印

東日本大震災で大きな被害を受けた港の一つに国内有数の漁獲水揚げを誇る石巻漁港がある。石巻港は、復興不能ではないかといわれるほどの大打撃を受けた。しかし、壊滅的な状態から、三年で七割程度までの復興を遂げた。

多くの障害を乗り越えて、石巻港の漁業復興と水産業再興に尽力している一人に石巻魚市場株式会社の須能《すのう》邦雄社長がいる。

＊

大震災後、何回も私は石巻を訪れた。その間、きわめて多くの苦難に直面しつつも、石巻のため、東北のため、日本水産業のために、粉骨砕身努力してきたのが須能さんである。

震災により、日本有数の漁港であった石巻港は、漁港としてのハード面において、ほぼすべてを失った。漁船も失った。水揚げできる港湾設備、冷凍・冷蔵のための装置・設備、流通のためのシステム……。失ったものを数えあげればきりがない。

それだけではない。震災一年後には、原発事故に伴う放射能汚染の風評被害という被災地の努力だけでは克服し得ない苦難にも直面した。

いまも、それらのすべてがクリアできた状態ではない。だが、須能さんをはじめとする石巻の人々は、果敢に困難と真正面から取り組み続けてきている。その尊い努力の日々を私は心から尊敬してやまない。

その須能さんが、震災後における感想を率直に語っている。血のにじむような労苦の連続をへて、いまなお苦難に直面している体験に基づく叫びだ。抜粋して引用したい。

《国や行政とかかわってきたなかで、つくづく感じるのは、震災直後は皆、「何とかしてやろう」という気持ちがあったと思うんだけれども、だんだん月日がたっていくと、公務員は四月一日で人事異動がありますから、駅伝のように人が入れ替わっていくので、感覚のずれがあって、感情移入できないんですね。われわれは震災のあった三月十一日以降、ずっとマラソンをしているわけですよ。

公務員の彼らにしてみれば、自分の瑕疵《かし》になるようなことは避けたいから、前例のないことは絶対認めたくない。平等であるとか、法の建前なんていうよりも、まずは瑕疵をつくらないこと。上の人間も、下の人間に対して「何とかしてやれ」とはいわないのです。内部告発されることを恐れますから。課長や部長が係長以下の人間に「これはどうなんだ」と聞く。彼らはすぐ前例を調べる。「前例がありませんから、無理です」となる。

平成の大合併で国が合併を主導して、石巻も一市六町が合併したわけですが、それに伴っていろいろなものが縮小されて人員が少なくなったでしょう。平常時にあわせて少なくしているのですから、異常時であれば足りないのは当然です。要するに行政能力がさがったなかで、この震災があったんですよ。

そういう状況ですから、本来、ＢＣＰ（事業継続計画）といったものを、国や行政が率先してやっていかなくてはいけない。》

＊

須能さんの指摘は説得力がある。それは、すべて体験に基づく苦言であるからだ。ことに、行政との対応において常に第一線に立ってきた須能さんならではの気づきが多い。

「前例主義」を掲げる行政への指摘は鋭い。今回の東日本大震災が、これまで前例のない異例な大災害であるのだから、その対応において、「前例」があるはずもない。

にもかかわらず、「前例がない」との理由で何もしないというような事態が少しでもあるなら、それは行政の怠慢としかいいようがない。

こうした行政の遅々たる歩みを腹立たしく感じながらも、粘り強く、そして強靭な精神力で復興のために邁進《まいしん》してきたのが須能さんである。

「行政が何もしてくれない」と嘆いていても一歩も前に進むことはできない。須能さんが偉大だと思うのは、行政にお願いするだけではなく、自分たちで何ができるか、何をするべきかを冷静に考え、一つずつ実践を積み重ねてきた点である。

震災直後の須能さんの動きの一部を見てみよう。

二〇一一年三月下旬には、被災者である自分たちが共同記者会見して「復興宣言」を発表した。同時に、水産加工業者などにも呼びかけ、「石巻水産復興会議」も立ちあげた。力強い被災者の勇気ある行動である。他者に頼るのではなく、自ら立ちあがろうという姿勢に、多くの人が元気づけられた。

震災直後の石巻港の課題は、がれきの片づけと漁港設備の復旧だった。しかし、その妨げとなったのは漁港一帯の地盤沈下と冷凍庫で腐敗した大量の魚介類の廃棄作業だった。本来、これらは行政が主導的な立場で迅速に推し進めるべき問題といえる。しかし、行政の「前例主義」が多くの場面で頭をもたげて前に進むことを阻《はば》んでいたことが、須能さんの苦言に見てとれる。

仮設の魚市場が完成して、現実に水揚げしたのは七月中旬であり、震災からなんと四カ月も要している。この事実が、行政のあり方、復興支援の内実がどうだったのかを雄弁に物語るのではないだろうか。

数えきれないほどの困難を克服しつつ、地域の人々を励まし、人生を力いっぱい生きようとしている須能さんの「哲学」に、学ぶべきものが多いのではないかと私は思う。

逆境に負けず、復興の旗印を掲げながら地域の力を結集していく須能さんを、これからも応援していきたい。須能さんと刎頸《ふんけい》の交《まじ》わりを結んだことによって、石巻は私にとってもう一つのふるさととなった。

エレキの「気」

職業柄、何かと繁多《はんた》な日常を繰り返してきた私は、音楽コンサートに足を運ぶという気持ちの余裕ももてない日々を過ごしてきた。

それが、八十歳を過ぎてから、縁あってエレキギターの生演奏に接する機会をもつことができた。

私にエレキの楽しさを教えてくれたのは、埼玉県議会議員の福永信之氏である。福永氏は、寺内タケシさんの大ファンで、毎年のように川越《かわごえ》市で「エレキ・アゲイン」というコンサートを開いている。妻がエレキ音楽の愛好家であることを知った福永氏が、二年前、「エレキ・アゲイン」に誘ってくれたのが、私のエレキ初体験である。

生演奏のエレキギターは、圧巻だった。場内に割れんばかりに響きわたる大音量、そして観衆の熱気。そこには、えもいわれぬ大きなエネルギーが満ちている。はじめてエレキ音楽に触れた私の体内に、そのエネルギーが沁《し》み通ってくるような気がした。妻も同様だった。青春時代にかえったかのごとく、リズムに合わせて拍手している。

音楽の力はすごい。人の心を揺さぶる。そして、人を元気にする力がある。

結局、二年連続で「エレキ・アゲイン」に夫婦で参加した。それで、二人ともエレキ音楽のとりこになってしまった。二度目の「エレキ・アゲイン」から約三カ月後のこと、再び川越を訪れた。今度はベンチャーズの川越公演だった。これは、「ザ・ベンチャーズ　ジャパン・ツアー二〇一四」と題する、ベンチャーズ結成五十五周年記念イベントの一環であった。豪雨のなか、ちゃんと川越に行きつけるか、車中、妻と不安な気持ちでたどりついたのもいい思い出である。むろん、ベンチャーズのコンサートも素晴らしかった。

三回のエレキコンサートをいずれも川越市で経験し、私たち夫婦にとって、川越は「エレキ音楽の都」となった。

*

その川越市は、古くから「小江戸《こえど》」と称される由緒ある観光都市である。年間、六百万人を超す観光客が訪れるという。

古きよき日本の面影と風情が街並みに漂う、落ち着いた「小江戸・川越」を、もっともよく実感できるのが、名物の「川越陣力屋（江田幸一社長）」の人力車での川越散策だろう。私たち夫婦も人力車に乗せてもらい、川越の街並みを楽しんだ（口絵・写真）。菓子屋横丁にも足をのばし、妻の好きな駄菓子もたくさん買い求めた。

そして、川越は食べ物もおいしい。その代表が「いも料理」である。名店「いも膳」で心づくしの「いも料理」を堪能した。「いも膳」の当主・神山正久氏の説明によれば、観光都市・川越を盛りあげる一助になればと決意して店を興し、いも料理を極める努力を重ねて、現在のメニューと内容が完成したのだというう。その郷土愛の深さには頭がさがる。

いも料理をいただきながら、その場に集った川越の方々と懇談した。全員が、埼玉県と川越市をよりよい地域・街とするためにどうしたらいいかと熱く語る。皆さんのほとばしるような郷土愛の強さに、思わず私も胸が熱くなった。

川越は、また「うなぎ」がおいしいことでも有名である。街中のうなぎ店の軒先に行列ができていることからも、人気ぶりが分かる。私たち夫婦は、老舗《しにせ》「いちのや」で、秘伝のタレで焼いた蒲焼《かばや》きをいただいた。肉厚で柔らかく、絶品だった。

川越が「小江戸」と呼ばれるゆえんの一つは、江戸城を建造した太田道真・道灌《どうかん》父子によってこの地に川越城が築かれたところにある。江戸時代には、松平信綱や柳沢吉保など幕府の重鎮が城主を務めた由緒ある地だ。川越は、江戸に近いこともあり、江戸を守るための軍事的拠点の役割を果たすとともに、江戸へ物資を送るための商業的な交通の要所として発展したのだった。

そして明治期に「川越の大火」を経験している。その際、焼け残ったのが蔵造りの建物だったことから、商家の多くが蔵造りにするようになった。それが現在も残っていて、「蔵の街」としても川越は知られている。

江戸（東京）が関東大震災や戦災で歴史的遺産の多くを焼失し、街並みとしての歴史の面影が消えてしまったのに対し、戦災をまぬかれた川越には、江戸の雰囲気が街にそのまま残っていて独特の趣《おもむき》を醸《かも》し出している。

*

「小江戸・川越」にふさわしい、もう一つのイベントも経験した。川越は「きものが似合うまち」を目指して、毎月十八日を「川越きものの日」として、和服姿での観光を盛りあげている。かつての織物文化をいまに生かそうというのである。私も二十年ほど前から、テレビ出演や講演などのおりには、可能な限り和服を着るように努めてきた。いまでは、講演を依頼されるときに「できれば和服で……」と念を押されるほど、和服が私のトレードマークになっている。

そんなこともあって、「川越きものの日」実行委員会の写真撮影会に招かれたのである。実行委員長の栗原裕子さんをはじめ、小江戸川越観光親善大使の小杉亘さん、きものつるやの金子憲二さん、川越商工会議所女性会の武政良子さん、川越おかみさん会の村川はつ枝さんらとともに、川越市のシンボル「時の鐘」をバックに写真におさまった。皆さんたいへん美しい和服姿であった。「きものが似合うまち川越」のために、一人ひとりが努力している様子を見ながら、その郷土愛の熱烈さに感服した。

エレキが縁となって、私はすっかり川越のファンになった。小江戸とエレキが、なぜか自然に溶け合うことができている街、それが川越である。温故知新《おんこちしん》の都市が川越である。

川越でエレキを聴いて、私はいつの間にか元気になっていた。エレキ、そしてエネルギッシュな福永信之氏が私に「気」を与えてくれたのだろうと思う。

北国のロマン

北海道の地名は、アイヌ語を語源とするものが多く興趣深い。留萌《るもい》もその一つである。「潮が深く入る川」という意味のアイヌ語「ルルモッペ」から「留萌」と名づけられたのだという。何とロマン溢《あふ》れる地名だろう。

これまで、留萌には講演で訪れたことがある。だが、日程の都合で、夜、留萌に到着して、翌日明け方移動するという強行軍だった。

明治期にはニシン漁で栄え、大正に入ると炭鉱で賑《にぎ》わい、昭和後期には北の貿易港として留萌港は知られていた。ロマン溢れる留萌周辺をゆっくりと時間をかけて回ってみたいものだと思っていた。

二〇一二年七月、その機会が巡ってきた。いつもは平日夜の講演会が多かったが、この日は日曜日で午後一時からの講演だった。

講演会場は留萌市民会館。場内は満席の盛況ぶりだった。市民会館の職員から、「ここが満員になるのは、綾小路《あやのこうじ》きみまろさん以来のことですよ」と声をかけられた。

会場では、私の著書のサイン会も開かれた。短い時間だったが、一人ひとりと直接に話ができ、握手する。実際に読者の顔を見ることができるというのは著者冥利《みょうり》に尽きる。

多くの留萌市民から、「お元気で」「頑張ってください」と声をかけてもらい、温かい激励の言葉に、寿命が延びたような気がした。

サイン会を取り仕切ってくれたのは、「留萌ブックセンター（三省堂書店）」の店長・今拓己《こんたくみ》氏だった。

＊

この書店が留萌に開店するにあたっては、素晴らしいドラマがあった。

二〇一〇年十二月、留萌市に最後まで残っていた書店が閉店した。身近な書店が消えていくことは、地域の文化や若き知性を育《はぐく》んでいくうえで、大きなマイナス要素である。店頭で何気なく手にした一冊が、座右の書となることもある。

何となく買っておいて、しばらく時間をおいて読んでみて感動することもある。私の経験でも、そういうことが多い。街の書店は文化の拠点であり、知性の揺籃《ようらん》となる貴重な場である。「書店は第二の学校」だと思う。「街から書店が消えた」という事実を留萌の人たちは、放置してはおかなかった。多くの市民が書店を誘致する運動を展開し、留萌の子どもたちのために、どうすれば書店が再び誕生できるか知恵をしぼったという。

そして、書店誘致への情熱は、ついに「三省堂書店」を動かした。留萌市は「心はぐくむ読書の街」をキャッチフレーズに掲げるようになった。地味ではあるが、こうした市民による自発的な活動は貴重だ。そこに留萌の「文化とロマンの底力」を強く感じる。

いまや「留萌ブックセンター」は、確実に地域の文化を支える拠点となっている。

＊

留萌での講演とサイン会を終え、主催者の心遣いで、ミニ観光をしよう、ということになった。車で南へ走り、約二十キロの増毛《ましけ》に足をのばした。増毛とはアイヌ語で「マシュケ」という「カモメのいるところ」からきている。

レトロな感じの増毛駅は、無人駅だった。駅前には「風待食堂」の大きな看板の建物があり、三十年前の高倉健主演の映画『駅 STATION』でロケされたときと同じ風情でたたずんでいた。なぜか懐かしい、ロマンを感じる空気に包まれていた。

増毛では「北限のサクランボ」に出あった。「北限の桜」で、厚田は全国から観光客が訪れるほど有名だが、海辺の町・増毛で、サクランボとは意外に思いつつ、山口果樹園に到着した。

ご主人の山口利幸さんにあいさつし、果樹園のサクランボを皆でもぎ取りながら食べるという何ともぜいたくなひとときをもった。

私は、そのサクランボを一つ手にした瞬間、ほんとうに驚いた。とにかく大玉なのである。そして甘い。次から次へと口にほおばり、皆、言葉を発することもなく、満喫した。

山口さんの話だと、海風が運ぶ塩気を含む土壌がかえって甘みを生み出すのだという。帰り際、規格スケール（L～4L サイズ）に当ててみると、4L規格よりも大きかった。つまり、市場に出ないほどの、巨大な「北限のサクランボ」にお目にかかったのである。

増毛の「北限の造り酒屋」の國稀《くにまれ》酒造も訪ねた。明治時代から良質の水を使い、名酒を生み出している。林真二社長の案内で、酒蔵を見学した。利き酒をいただき、その芳醇《ほうじゅん》な香りと濃厚な味に魅せられた。

東京ではほとんどお目にかかることはないが、たまたま「國稀」の純米吟醸《ぎんじょう》酒を中野のそば屋で見つけたときは、うれしくなり、迷うことなく注文したことがある。

その夜、再び留萌に戻り、日本一の夕日を観賞する「留萌ナイト」に参加した。そこで懐かしい留萌市長の高橋定敏氏と再会する。高橋市長とは港湾協会の視察などで面識があり、旧知の仲だった。人懐っこい笑顔で歓迎してくれ、ホタテやボタンエビなど地元の海産物をバーベキューにしてごちそうになった。翌朝、宿舎までわざわざ見送りにきてくれるほど、律儀で情のある市長である。

＊

日本海に夕日が沈む。美しい光景に、居合わせただれもが「うおー」という歓声をあげた。何度も足を運んだ留萌で、はじめて見た大自然の美であった。

未来の留萌の振興を担う若き経営者、行政マン、そして漁業関係者が集う「留萌ナイト」が回数を重ねるたびに、北国のロマンがますます輝きを増すことを心のなかで深く祈った。

君子の三戒

幕末期に生まれ明治期に活躍した社会事業家の一人に金原明善《きんぱらめいぜん》がいる。金原は、当時「暴れ天竜川」といわれていた天竜川の治水事業を展開した。ときに私費を投入して防災のための治水事業に生涯を捧げたことで有名である。

その金原明善の知られざる一面として、「矯正《きょうせい》」における業績がある。矯正とは、刑務所において、罪を犯した人を教育し、再び罪を犯すことがないように、健全なる精神をもって社会復帰への手助けをすることである。

現在の日本の刑務所も、この矯正の理念に基づいて運営されている。刑罰をみせしめと捉《とら》えるのではなく、教育と考える立場に立脚している。法務省関連の公務員だけで二万人を超える人が従事している。

受刑者は、刑務所を出所した後が問題である。出所後の受刑者が社会に放り出されても、途方に暮れるばかりである。そこで、保護司という制度がある。法務大臣から委嘱を受けた非常勤の一般職国家公務員だが、原則無給であり、ボランティアといってよい。全国に約四万八千人の方々が活動されている。こうした立派な人たちが受刑者の社会復帰に尽力されている。この人たちの支えがあって更生保護が成り立つ。

＊

この地味な活動である保護司制度は静岡県が発祥の地である。

静岡刑務所の副典獄《てんごく》（現在の副所長）となり、出所者の更生保護に取り組んだ川村矯一郎という人物がいる。幕末、中津藩に生まれた川村は、西南の役に関与し投獄され、刑期を終えた後、獄中生活の経験から刑務官になった。

ある累犯受刑者が、川村の説諭・教育によって改心し、必ず更生を遂げ、再び監獄には戻らないことを誓って出所した。しかし実社会は厳しかった。かつての妻は、すでに他の人に嫁ぎ、子どももいた。親戚・知人にも彼に一夜の宿を提供してくれる人もなかった。以前の彼ならば、犯罪に走ったかもしれない。しかし、川村に再び罪は犯さないと約束していた彼は、川村への長い書き置きを残して池に身を投げた。

それを知った川村は落胆し、金原明善に相談した。金原は、「いかなる名訓戒もそれだけで出所後に生きていくことはできない。社会制度として出所者を支えるようにしようではないか」と持ちかけた。

静岡県下に出獄人保護の機関を設立しようと金原と川村の二人は奔走《ほんそう》する。

有力者を説得して資金を調達し、日本で最初の更生保護制度の設立に至った。これが各地に伝播《でんぱ》し、出所者保護の制度が次第に整備されていった。日本の保護司制度の嚆矢《こうし》であった。多くの民間人が参画している点で、世界に誇る保護司制度が全国で展開されている。更生保護の尊い活動をされている保護司の皆さんには頭のさがる思いでいっぱいである。

*

金原明善は、天竜川治水事業の一環として山林の整備にも尽力した。根本的な治水のためには山の保全が大切であるとし、植林にも力を入れた。それが「明善杉」といわれるほど立派な杉林に成長している。治山・治水に力を入れつつ、保護司制度の確立にも熱心に取り組んだのである。

何より金原が偉大であると私が注目したのは、その私生活の潔癖さにある。

明治期の社会事業家として、金原と並び称され、日本の近代資本主義の父ともいわれる渋沢栄一と対比してみると明らかである。渋沢は艶福家《えんぷくか》として知られ、多くの女性に子を産ませ、その数二十人に至るという。私は社会事業家としての渋沢の業績は素晴らしいが、色欲過剰な生き方には、疑問を感じざるを得ない。この点は、これまでの評伝では、あまり問題視されてこなかったことである。

孔子は「君子に三戒あり」としている。一つは、過剰な権力欲をもたないこと。二つ目は、金銭欲をもたないこと。三つ目は、みだらな異性関係を慎むこと。この三点を戒めて生きることを孔子は説いている。この三つ目を遵守《じゅんしゅ》できない人物も少なくなかった。

しかし、金原明善は、私生活において慎ましやかであった。脱いだ履き物を自らそろえたり、床のあげさげも自分で行うといった具合だった。汽車に乗る場合にも、一等車・二等車には乗らず、常に庶民とともに三等車を利用した。

その金原明善を詳しく調べていて、ふと、ある人物に思いが至った。金原の生き方にきわめて似ている友人がいた。

三十年来の友人の二階俊博氏である。衆議院議員当選十回、運輸大臣、経済産業大臣、自民党総務会長など政府・自民党の要職を歴任してきた政界の重鎮である。いま自民党総務会長である。政治家のなかでは、もっとも長くつき合ってきた一人だ。

*

二階氏の生き方が、金原明善に似ているのである。私生活は、真面目一筋であり、贅沢《ぜいたく》をするわけでもなく、質素な生活を貫いている。私はだれよりもよく知っている。一般の支持者や事務所の人たちを大事にし、気配りを常に忘れることがない。手元にある膨大な資料として残る金原明善の人生と、二階氏の生き方が重なっていることに驚いている。

金原がそうであったように、私たちの日本、国土を大事にするという点でも共通している。国土強靭化の問題で、二階氏は先頭に立って尽力している。政治家はどうしても自分の選挙区のこと、次の当選のための行動を意識せざるを得ない宿命にある。しかし、二階氏は、そうではなく社会全体、日本全土の安全を考えての国土強靭化を提唱し、体を張って実現に向けて努力してきた。人々の幸せを考えての言動は「立派」の一言に尽きる。

＊

金原明善は、私財を投げうって社会事業に尽くした。その細部を調べると、尋常な尽くし方ではない。文字通り私物のすべてを寄付している。草履《ぞうり》一足に至るまでリストアップして換金して、その全部を投じている。まったくの一文無しになっても恬淡《てんたん》としていた。それが契機となって、国の事業に至るのだが、自分の財産がゼロになることなど少しも気にしなかった。没年は九十二歳だった。亡くなる直前まで山へ視察に出かけたのだという。

金原の書も残されている。立派な文字である。忘れられない一節がある。


人間八十、まだ子供。
八十三、まだ子供。
鶴は千年、亀は万年。

八十三の子供、金原明善

この金原の生きる姿勢に共通したものを二階氏は醸《かも》し出しているのである。

二階氏は、あるときこう語ったことがある。

「アジアは一つです。そのアジアを繁栄させましょう。そのためにERIA（東アジア・アセアン経済研究センター）をつくりました。私が経済産業大臣のときに日本が主導してつくったのですが、日本に本部を置くのではなくインドネシアのジャカルタに本部があります。東アジア版ＯＥＣＤとするための中心研究組織として育ててきました。数千ある国際的研究組織のなかで、五十のすぐれた研究組織に選出され、第三十位に位置づけられました。われわれはアジアの一員として、アジアは一つ、アジアの平和が世界の平和に通じると確信して、努力していきましょう」

これは、自民党の派閥の会合での講演である。

派閥の存在目的は、派閥リーダーを政治権力の座につけることにある。ふつうなら、総理・総裁にするために派閥は存在する。権力闘争を勝ち抜くための闘争集団として派閥は機能してきた。

しかし、二階氏は、そうではないとする。「政治家は理想を抱き、その理想を実現するために行動すべきだ」と強調する。政治権力を獲得することを目的としていない政治家たちが、二階氏のもとに集っているのである。自民党の派閥リーダーが、このようなことを説くのは稀有《けう》である。

金原と似ている二階氏こそ、孔子の説く「君子の三戒」を会得《えとく》した真のリーダーの資質をもっていると強く感じる。

金原明善、二階俊博氏のように、君子の三戒を守り抜いているリーダーは少なくない。政界全体でみればむしろ多数派である。しかし、政界を遠くから見ている人々には、そうは映らないようだ。残念なことである。

Y君への手紙

Y君へ。

いま、私は穏やかに微笑《ほほえ》む君の写真を前にして、この手紙を書いています。人には、辛《つら》い「別れ」があります。

二〇一三年九月二十一日、私は、生涯の大恩人である「清水英夫さんとのお別れの会」に出席しました。お世話になった清水さんでした。清水さんとお別れするのは辛いことでした。

そして、その日、帰宅した私に国際医療福祉大学三田病院から電話が入りました。

「すぐに、お越しください」との電話です。

緊急事態であることは分かっていました。

妻とともに病院に向かいました。

九階の病室では、看護師がY君の心臓が止まらないように、必死で蘇生術を施している最中でした。大きなY君の体が上下に揺れていました。

Y君の容態が急変し、呼吸も心臓も止まりかけていたのでした。三人の看護師たちは、私たちが到着するまで、一生懸命にY君の心臓を動かし続けてくれていたのです。

何が起きているかを知った私たちは、看護師に心臓蘇生のために電圧をかけるのをやめるようにお願いしました。

まもなく、Y君につながっていた医療器械の数字がすべてゼロになりました。

医師が、Y君の目、呼吸、心臓を調べたうえで、Y君の死亡が告げられました。

二〇一三年九月二十一日午後七時四十五分。

五十二歳六カ月の短い人生でした。

＊

振り返れば、Ｙ君は、自らが代表取締役を務める株式会社ニュークリエイトの事務所で、一三年七月十一日朝、脳内出血のため倒れました。救急車で国際医療福祉大学三田病院に搬送され、ただちに脳外科手術を受けました。六時間にもおよぶ大手術でした。三田病院の外科はたいへんに優秀です。完璧な手術のおかげでＹ君は、一命を取りとめました。

しかし、Ｙ君の意識は回復しませんでした。

一週間たっても、意識は戻りません。Ｙ君は自身の生命の炎を燃やし続けるため、全身で闘い続けているように私には感じられました。

二カ月を経過しても、Y君の状態は変わりませんでした。

九月二十日、Y君の息づかいが少し静かになったように思えました。Y君の体力が衰えてきたように感じられたのです。

そして、翌日の九月二十一日に事態は急変し、Y君は旅立ちました。

国際医療福祉大学三田病院にはたいへんお世話になりました。とくに副院長の福井康之先生、ICU部長の朝本俊司先生は最高の医療を施してくれました。深く感謝します。常に相談にのってくれた埼玉県春日部市の秀和綜合病院前理事長の米島秀夫先生の大恩を忘れません。

*

思えば、私がY君と最後に会話を交わしたのは、Y君が倒れる前日の七月十日の深夜でした。この日、私は夜遅くまで仕事で会合に出席していました。妻の体調が悪かったため、Y君が枕元で見守っていてくれましたね。夜遅く、私が帰宅し、Y君と交代しました。

このときにY君と話をしたのが、君との最後の会話となりました。

君はいいました。

「お母さん、お大事に。いつでもきます。お大事に……」

とやさしく妻に声をかけました。

そして玄関の外まで見送った私に、

「お父さん、体に気をつけてください。人々のため、社会のため、お父さん、元気になって働いてください。時代は、お父さんを必要としていると思います。僕はお父さんを支えますから。人々のためにも、平和のためにも、もうしばらく頑張ってください」

と語りかけ、にこやかに手を振って帰っていきましたね。

あのときの君の後ろ姿は、いまでもはっきり覚えています。

別れ際の言葉が、Y君の私たちへの遺言となりました。

君の遺言は、守らなければいけないと、いま思っています。

*

Y君、君は、幼いころから、「ボクがお父さんを守る」といっていましたね。一九六〇年代から七〇年代初期にかけて、私が暴力的な左翼勢力を批判したことがありました。それで、わが家が左右の暴力主義をとる過激派から何度か襲撃されました。

Y君は、そんな体験から、自分の役割を「お父さんを守ること」だと考えたのですね。

高校を卒業して大学に入学すると同時に、Y君は私の「秘書兼運転手」になりました。IT機器に疎《うと》い私に代わりワープロやパソコンでも私の仕事を手伝ってくれました。深夜・早朝の仕事でも、いかなる仕事でも、少しもいとわず車を運転し、私の仕事を助けてくれました。海外取材のときには通訳もやってくれました。

Y君、君は私の最良の仕事のパートナーであり、人生の同志でした。

その君が、こんなにも早く私たちのもとから去っていったことは、残念でなりません。でも、私は、Y君の思いを深く胸に刻み、Y君の遺言をいかしていく人生をまっとうしたいと思っています。

Y君、安らかにお眠りください。

【編集部注】Y君とは著者の長男・森田嘉孝氏のことである。

【発刊に寄せて】

森田先生のこと

杉　良太郎

私は、お年寄りと子どもが好きである。お年を召している方のおかげでいまの日本がある。子どもはこの国の将来を背負ってくれる存在だ。年配者から歴史や文化の話をうかがうことは、非常に勉強になる。私にとっては、それが森田実先生である。

森田先生にはじめてお会いしたのは二〇一〇年。当時、東京新聞に連載されていた私の「この道」というコラムを森田先生も読んでおられた。森田先生が二階俊博先生にお会いしたとき、「私は杉さんの記事を読んで感動した」という話をされた。すると、二階先生がすぐにその場から、私にお電話をくださり、森田先生をご紹介くださったのが、最初のご縁である。

お会いして第一印象で、「いい顔をしている」と感じた。「男の顔は履歴書だ」といわれるように、顔にはその人の人生が出てくる。生き方、人生観、毎日どのように生きてきたかが顔に表れてくる。森田先生は、穏和で豊かな感性を醸し出しておられた。いい顔をした政治家や役者を目にしないと思っていたときだったので、森田先生のお顔を拝見して、私としても本音で接し、すべてをさらけ出すことができる方だと瞬間的に察知できた。

その後、森田先生とは、非常に親しくおつき合いさせていただいている。高名な評論家としての森田先生ではなく、身内の一員として互いに家族ぐるみで行ききする間柄である。

*

私は、青森県下北半島の畑や果樹園で作物をつくっているが、そこでできたものを、つまらないものでも森田先生におすそわけしている。包装もせず無造作に紙袋に入れて奥様にお届けする。それでかえって喜んでいただいていると思っている。

ほんとうに心を許して家族づき合いができる関係は、意外と少ないものだ。森田先生とは泊まりがけで、私的な時間を共有できる。そういう間柄になれたことは幸いだった。

ずいぶん、いろいろなところに旅もした。ベトナムにもご同行いただいた。失礼ながら、あの年齢で頭脳が非常に明晰《めいせき》で衰えを知らないことに驚く。記憶力も抜群で、私が忘れているようなことでも、すぐに出てくる。

＊

二年ほど前、レアアースをめぐって、日本が困難に直面したことがあった。中国からの輸入がとめられ、日本の産業が成り立たないという状況に追い込まれてしまった。その際、当時の大畠章宏経済産業大臣から「レアアースをベトナムから輸入してもらえないか」という要請があった。このことを森田先生にお話ししたところ、「大畠さんならよく知っているから私も行きましょう」といっしょに大臣室に同行してくださった。

経済産業大臣とのやりとりについて、森田先生が立会人のように大臣の依頼経過を見守ってくださっていた。当時、ベトナムは国内行事があって要人がハノイに不在で、「すぐには対応は無理だと思います」と返答した。しかし、大臣は「何とかできないか」と、わらにもすがる様子だった。

それで私は、レアアースの交渉のためだけにベトナムに飛んだ。幸いなことに、ハノイに着いた夜、全面的に日本にレアアースを輸出してくれる約束をとりつけることができた。そのことを聞いた森田先生が感心して、「民主党政権は大いに杉さんに感謝しなければいけない」と語っていたことを覚えている。

この間、森田先生の「立ち会い」がなかったら、「杉良太郎が嘘《うそ》をついているのだろう」と誤解されても仕方がない。大事なときに、そんなかたちで私を支えてくださる存在である。

＊

私は五十五年間にわたり刑務所の慰問をしている。刑務所にはさまざまな課題があり、法務省の関係者も同席するようなときに刑務所の実態についての話をする。あるとき、森田先生から「ぜひ、刑務所の慰問をしてみたい」とお申し出があった。ご紹介したところ、すぐに数カ所の刑務所を訪問され、ご自身の目と耳で実情を調査された。その行動力には感服した。

社会というのは、新生児が生まれる場所、刑務所、老人ホーム、身障者施設、被爆者やハンセン病を含めた諸福祉施設を実際に知って、そのうえで、幸せに平穏無事に暮らしている人たちがいるというバランスを直視することが大切である。そうでないと、社会というものの見方が偏ってしまう。

そのバランスをとるためには、できる限り、そうした施設や災害の被災地を自分の目で見ることが欠かせない。ニュースだけを頼りにして社会を判断するのではなく、できることなら自分の時間を割いて、自分がいまどの立場、自分の幸せがどの程度なのかを認識すべきだと思う。

何でも人のせいにしたり、政治が悪いとか、自治体のせいにすれば楽なのかもしれないが、それでは真実が見えない。そうならないために、弱者の存在を知り、そうした施設に足を運ぶことに大きな意味がある。森田先生は弱者の立場を常に意識し、被災地を何度も訪れ、施設にも足を運ばれている。

森田先生が加わっての会食や会合では、終始こうした話題が展開される。いつも当然のように真面目な話をされている。

＊

あるとき、エグザイル（ＥＸＩＬＥ）のメンバー全員と会食する機会があった。たまたま森田先生も所用でお見えになるというので、それならいっしょに食事をしましょうということになった。

目の前にメンバー全員が並んでいるのだが、彼らが人気のダンス＆ボーカルユニットであることをご存じないのか、先生は何の興味も示されなかった。

その日、森田先生が帰宅され、奥様に「杉さんと食事をして、たしか、エグザイルという人たちがいっしょだった」と伝えたところ、「えっ、あのエグザイルの皆さんが……」と驚いた奥様から、記念写真を撮ったか、サインはもらったか、と矢継ぎ早に聞かれ、森田先生は、「いや、写真もサインももらっていない」と答えたという。それで、「あなた、何ていうことなの。直接お目にかかれる機会なんて、そうあるものじゃないのに」と奥様に叱られてしまったという。

後日、森田先生から「エグザイルの皆さんを存じあげず、たいへんに失礼いたしました。こんど、お目にかかったときには、しっかりお詫《わ》び申し上げることにします」とお詫びの手紙が届いた。森田先生のお人柄の一端を感じるエピソードである。

*

そんな森田先生だが、こと専門分野に話題が及ぶと、顔が引き締まる。その変化が、役者として観察していると勉強になる。柔和で穏和な普段の森田先生の表情が、政治・経済の話になると一気に顔が引き締まり口調も変化する。

「いま仕事モードに入った」と分かりやすい。私的なものと仕事にけじめをつける姿に学ぶところは多い。いまの人たちは、この点、分かりにくい。日常生活の表情と仕事の表情の変化がないから、同じ顔に見える。

昔は人と人の交流において、「お言葉」をいただいて感動し、感謝にたえないということがあった。ところが、いまは年長者からどのような言葉をかけられても、心を動かす場面が少ないように感じる。表情も変化せず、言葉が沁《し》み込んでいないような印象を受ける。

大先輩でそれぞれの世界で活躍された方々の話を聞くことの意味を感じ、言葉をいただくことの価値にもっと目を向けて真摯《しんし》に受けとめるべきだと考える。

私は、森田先生の一言ひとことを重く受けとめている。いま、先生にお願いしたいことは、どうかご夫妻で元気に長生きをしていただきたいということである。どちらか一方では困る。私たちの親世代のご夫妻でもあるので、どこまでもお二人そろってお会いしたいと思う。

このたび、森田先生のはじめてのエッセイ集『森田実の一期一縁』が発刊に至った。本書は森田実という一人の知識人が昭和、平成を生きてきた証《あかし》であると思う。こういう本はありがたい。多くの方々に先生の言葉を嚙《か》みしめていただければと願っている。

森田実（もりた・みのる）
評論家。東日本国際大学客員教授。1932年、静岡県伊東市生まれ。神奈川県小田原市の相洋中学・高校卒業。東京大学工学部卒業。学徒動員の最後の世代として戦争を経験。若き日は原水爆禁止世界大会に参加し、広島・長崎の被爆地慰問など平和運動に取り組む。日本評論社出版部長、『経済セミナー』編集長をへて、73年に評論家として独立。以後、テレビ、ラジオ、著述、講演活動など多方面で活躍している。主な著書に『進歩的文化人の研究』（サンケイ出版）『公共事業必要論』（日本評論社）『森田実の言わねばならぬ名言123選』（第三文明社）など多数。

森田実《もりたみのる》の一期一縁《いちごいちえん》

2014年11月18日　初版第1刷発行
2015年1月2日　初版第3刷発行

著　者　森田《もりた》 実《みのる》
発行者　大島光明
発行所　株式会社 第三文明社
　　　　東京都新宿区新宿1-23-5　〒160-0022
　　　　03-5269-7154（編集代表）
　　　　03-5269-7145（営業代表）
　　　　振替口座　00150-3-117823
　　　　http://www.daisanbunmei.co.jp
印刷所　図書印刷株式会社
製本所　大口製本印刷株式会社

ISBN 978-4-476-03339-7